KB050551

이계황제
헌터정복기

이계 황제, 헌터정복기 4

초판 1쇄 인쇄일 2016년 3월 17일 | **초판 1쇄 발행일** 2016년 3월 19일

지은이 아르케 | **펴낸이** 곽중열 | **담당편집 팀장** 이범수
편집부 신연제 이윤아 김은경 홍현주

펴낸곳 (주)조은세상 | 출판등록 제 2002-23호
주소 경기도 연천군 미산면 청정로1355
TEL 편집부 02)587-2966 | FAX 02)587-2922
e-mail bukdu@comics21c.co.kr

ⓒ아르케 2016
ISBN 979-11-5832-498-8 | ISBN 979-11-5832-412-4(set) | 값 8,000원

이계황제

헌터정복기

NEO MODERN FANTASY STORY & ADVENTURE

아르케 현대 판타지 장편소설

4

북두

CONTENTS

NEO MODERN FANTASY STORY & ADVANTURE

이계황제
헌터정복기

이계황제
헌터정복기

1장. 대면

1장. 대면

"아. 다 왔어요. 여기에요."

지금 최선주와 칼스타인은 함께 차량을 타고 서울 외각에 있는 블랙머천트 연합회의 수호대를 만나러 가고 있었다.

하지만 다 왔다는 최선주의 말과는 달리 지금 달리는 한적한 산속 길의 앞에는 아무런 건물이나 사람들이 보이지 않았다.

그러나 민감한 기감을 갖고 있는 칼스타인은 전방에 은신결계가 펼쳐져 있는 것을 잡아낼 수 있었다.

"은신결계군."

"우와. 알아보셨어요? 역시 마스터는 다르네요. 그래도 꽤나 비용을 들여서 만든 건데 한 번에 알아보네요."

말을 주고받으며 차에서 내린 최선주는 십여 미터 앞의 숲을 헤치고 들어가더니 높은 바위벽 앞의 특정한 자리에서 자신의 마나를 주입하였다.

우웅~

그녀의 마나에 반응하는지 눈앞의 결계는 잠시 해제되었고 그에 따라 그들의 앞에 있는 바위벽에는 높이 5미터 폭이 4미터에 달하는 커다란 철문이 나타났다.

최선주는 이런 절차가 익숙한 듯 자연스럽게 문 옆에 부착되어 있는 기기를 조작하였고, 그에 따라 철문은 약한 파열음을 내면서 천천히 열리기 시작했다.

이내 사람 두 명이 지나갈 정도로 철문이 열리자 그녀는 더 이상 기다리지 않고 칼스타인을 안내하여 문 안으로 들어갔다.

수련장의 내부로 둘이 사라지자 약간 열렸던 철문은 다시 닫혔다. 또한 결계 역시 바로 재작동하여 철문은 사라지고 평범한 바위벽으로 변하고 말았다.

"이 쪽이에요."

내부의 구조는 그리 복잡하지는 않았지만 군데군데 갈림길이 있어 모르는 사람이 온다면 약간 헤멜 수도 있는 구조였다.

그렇기에 최선주가 앞장서서 칼스타인은 이끌었고, 그역시 아무 말 없이 그녀를 따라가기만 하였다.

한동안 그녀를 따라가 던 칼스타인은 지금 눈앞에 보이는 통로의 끝에서 자신의 기감이 끊어지는 것을 느낄수 있었다. 마치 성호 상회의 공간왜곡 창고를 보는 느낌이었다.

'저기겠군.'

그의 생각처럼 최선주가 말을 꺼냈다.

"저기에요. 산속에 비밀리에 만들다보니 공간왜곡을통해서 장소를 확장해 둔 상태에요."

입구에 도착한 칼스타인과 최선주는 망설임 없이 공간왜곡장 안으로 들어갔고 약간의 이질적인 느낌을 뒤로하고 수련장 안으로 들어온 둘은 60여 명의 사람들이 치열하게 수련을 하고 있는 것을 확인할 수 있었다.

모두 검은색 전투복을 입고 있는 그들은 일대일 대련,

일대다 대련, 시뮬레이션 기기를 이용한 훈련 등 다양한 훈련을 벌이고 있었다.

다만, 같은 복장을 하고 있지만 빨갛고, 노랗고, 파란 세 가지 색의 얇은 띠를 왼팔에 두르고 있는 것이 이 무리가 구분되어 있다는 것을 알 수 있게 하였다.

특히 두 명의 남자는 다른 사람과는 다른 띠를 하고 있었다. 정확히 말하면 같은 띠에 다른 무늬가 그려져 있었다. 그들의 띠에는 검은색으로 된 단도가 새겨져 있었던 것이었다.

모르는 사람들이 보아도 이 두 명이 각각의 띠를 한 사람들의 리더임을 짐작할 수 있게 하였다.

새로이 둘이 들어온 것을 아는지 모르는지 60여 명, 정확히 59명의 수호대원들은 다양한 수련을 이어갔고, 칼스타인은 그들의 수련 장면을 한참 동안 바라보고 있었다.

"어때요?"

"괜찮군."

"그럼 공식적으로 인사를 드리도록 하죠."

말을 끝낸 최선주는 품속에서 노란색 띠를 왼팔에 두르더니 수호대원 쪽으로 발걸음을 옮겼다. 그녀의 띠에도 검은색 단도 문양이 새겨져 있었다.

최선주는 훈련장에 다가서며 빨간 띠의 조장에게 말을 건넸다.

"1조장님! 말씀드렸던 손님 왔습니다."

그녀의 말에 조원들과 함께 일대 다의 전투 훈련을 하던 1조장은 손을 들어 훈련을 멈추더니 주위를 둘러보며 크게 외쳤다.

"모두 훈련 중지! 조별로 집합!"

이미 오랜 훈련을 한 조직이라서 그런지 1조장의 말에 따라 일사분란하게 움직였고, 각 조장들 앞으로 각 19명의 인원들이 집합을 하였다.

자신들의 조원 및 다른 조원들을 모습을 지켜보던 1조장은 모두 정렬이 되자 몸을 돌려 칼스타인에게 말을 건넸다.

"반갑습니다. 수호대 1조장 임재호라고 합니다."

임재호는 탄탄한 근육을 가진 건장한 체격의 30대 중반의 남자였는데 짧은 스포츠 머리한 한 눈에 보아도 강인하다는 인상을 주는 능력자였다.

칼스타인은 그의 손을 자연스럽게 잡으며 마주 인사하였다.

"이수혁입니다."

이어 다소 호리호리한 체형의 샤프한 스타일의 30대

초반의 남자가 칼스타인에게 다가와서 손을 내밀며 인사를 권했다. 그의 왼팔에는 파란색띠에 검은 단도가 그려져 있었다.

"3조장 하현웁니다."

다소 건들거리며 인사를 하는 남자의 태도는 그리 좋아 보이지 않았지만 칼스타인은 아무렇지 않게 그의 인사를 받았다.

"이수혁입니다."

두 명의 조장 급과 인사를 나누자 옆에 서 있던 최선주가 장난스러운 표정으로 칼스타인에게 말했다.

"저는 알고 있으니 따로 인사 안 해도 되죠? 호호."

"흠… 수호대라고 들었는데 조장만 있고 대장은 없습니까? 혹시 1조장님이 대주를 겸하는 위치인가요?"

칼스타인의 말처럼 지금 이 수호대에는 각 조장만 있을 뿐 수호대의 장, 대장은 없는 상태였다. 문득 든 의문에 질문을 던지자 임재호는 씁쓸한 표정을 지으며 대답했다.

"자세한 말씀을 드리긴 좀 그렇긴 하지만, 간단히 말씀드리면 현재 대장의 자리는 공석입니다. 원래 수호대원중에서 가장 먼저 마스터가 되는 사람이 대장에 오르기로 하였는데 불행히도 아직까지는 나오지 않았습니다.

그래서 제가 대장은 아니지만 최선임자로서 임시로 수호대를 이끌고 있습니다."

그의 말처럼 아직 수호대원 중 누구도 마스터에 오르지 못한 상태라, 실질적으로는 그가 대장이라 보아도 무방하였다.

"흐음… 그렇군요."

"그건 그렇고, 회장님께 말씀은 들었습니다. 흑영의 마스터들을 맡아 주신다구요?"

흑영이라는 말을 할 때 임재호의 눈빛은 서늘하게 빛이 났다. 수호대에 들어온 것이 단지 연합회에서 주는 혜택 때문만은 아닌 것 같아보였다.

임재호의 말에 칼스타인이 대답하기도 전에 옆에 있던 하현우가 이죽거리며 말했다.

"참나, 회장님도 우리로도 충분히 할 수 있다고 말씀드렸는데 굳이 '외부인'을 끼워서 대사를 치르려 하시네."

"현우야!"

"형님! 안 그렇습니까? 이미 시뮬레이션으로는 몇 차례나 S급 몬스터를 잡았고, 저번 달에는 실전으로 레드존의 S급 몬스터까지 잡지 않았습니까! 굳이 외부인을 부르지 않더라도 우리만으로 충분하지 않습니까!"

만일 하현우의 말이 사실이라면 이들은 정말 대단한 일을 해낸 것이었다. 아무리 희귀나 고급의 아티팩트로 장비를 갖추었다 해도 S급 헌터도 없이 S급 몬스터를 잡는 것은 보통일이 아니었다.

하현우의 말은 이들이 그것을 해냈다는 것이니, 그의 자신감어린 말투도 어쩌면 당연하였다.

"하현우! 저번 S급 몬스터 사냥에서 우리 대원이 몇 명이나 죽었는지 보고도 하는 소리냐! 12명이 죽었어! 12명이!"

"형님! 그 정도 희생은."

퍽~!

하현우가 그 정도 희생이라는 말을 할 때 임재호가 그의 얼굴에 주먹을 날렸다. 하현우 역시 AS급의 능력자였지만, 설마 임재호가 자신에게 손을 쓸지는 몰랐는지 그대로 그의 주먹에 얻어맞고 말았다.

다만, 당연하게도 그 주먹에는 전혀 마나가 실리지 않은 상태였다.

갑작스러운 상황에 당혹스러워하는 하현우를 보며 임재호가 무겁게 말했다.

"…말을 함부로 하지 마라. 길면 10년, 짧아도 3년간을 같이 한 형제 같은 아이들이야… 그 정도 희생이라는 말로 치부할 수 없는 목숨이란 말이다."

나직한 임재호의 말에 하현우 역시 감히 대거리를 하지 못하고 그저 고개를 숙였다. 그러나 아무도 볼 수 없었지만 얼굴을 숙인 채 이를 앙다무는 것이 분을 참지 못하는 것처럼 보였다.

　그런 하현우의 표정을 아는지 모르는지 임재호는 말을 이었다. 다만, 그 역시 하현우를 때린 것이 맘에 걸렸는지 목소리는 조금 전 보다 부드러워져 있었다.

　"S급 몬스터만 해도 그런데 장비를 갖춘 S급 마스터면 오죽하겠느냐? 그리고 만일 우리가 그 마스터들과 같이 그냥 산화해버린다면 그 뒤의 연합회는 누가 지키겠느냐?"

　조용하게 울리는 임재호의 말을 옆에 있던 최선주가 거들었다.

　"그래 현우오빠, 아버지와 다른 의원님들이 생각 없이 추진한 게 아니잖아. 다 뒷일을 생각하고 한 거니 오빠도…."

　"알겠어!"

　하현우 역시 그들의 말을 이해하는지 퉁명스러운 표정을 지으면서도 더 이상 반발은 하지 않았다.

　하현우의 기색을 잠시 살핀 임재호는 미안한 표정을 지으며 칼스타인에게 말했다.

"불편한 모습을 보여드려 죄송합니다."

"내부적으로 의견이 조율되었는지 알았는데 아니었군요."

"아닙니다. 동료들과 십여 년간 함께 했는데 갑자기 외부인이 끼어든다 생각하니 현우의 마음이 좋지 않았나 봅니다. 죄송합니다."

칼스타인에게 다시 한 번 사과를 한 임재호는 하현우를 보고 눈치를 주었다. 그 역시 칼스타인에게 사과하라는 눈치였다.

아직도 내키지 않아보였지만 하현우는 칼스타인에게 살짝 목례를 하며 말했다.

"미안하게 되었수다."

하현우의 태도에 임재호는 고개를 내저으며 칼스타인에게 말했다.

"원래 저런 녀석이 아니었는데 오늘따라 왜 그러는지… 제가 대신 사과드리겠습니다."

"아닙니다. 그런데 이 멤버들도 S급 몬스터를 잡으셨다구요?"

"아. 시뮬레이션으로는 지금껏 수차례 S급 몬스터를 잡아보았습니다. 그리고 두 달 전 처음으로 시뮬레이션에서 사망자가 발생하지 않아 실전을 시도했는데… 결과는 아까 들으신 대로 12명의 대원들이 사망하는 것으로 끝났지요."

"혹시 어떤 몬스터였습니까?"

"그나마 공략방법이 어느 정도 알려진 포이즌 베어였습니다."

포이즌 베어는 3미터 정도 크기의 곰 형태의 몬스터로 S급 치고는 그리 큰 편이 아니었다. 움직임이나 무력도 다른 S급 몬스터에 비하면 약한 편이었으나 S급 몬스터답게 한수가 있었다.

바로 포이즌 베어라는 이름처럼 독을 사용하는 능력이었다. 자신의 주변 오십여 미터에 독구름을 뿜고 다니는 몬스터로 독에 대한 방비가 없다면 막대한 피해를 줄 수 있는 몬스터였다.

그 말인 즉, 독에 대한 방비가 있다면 다른 S급 몬스터들보다는 상대하기 쉬운 몬스터라는 말도 되었다.

당연히 수호대의 일원들은 독에 대한 방비가 있었고 오히려 시뮬레이션 때보다 수월하게 포이즌 베어를 공략할 수 있었다.

하지만 정해진 패턴대로 움직이는 시뮬레이션과 실전은 전혀 다른 것이었고, 치명상을 입은 포이즌 베어가 날뛰면서 12명의 대원들이 죽고 말았던 것이었다.

"그래도 잡았다니 대단하군요."

칼스타인의 말에 하현우가 우쭐한 표정을 지었는데, 그런 그의 모습을 보며 칼스타인은 말을 이었다.

"하지만, 마스터는 몬스터와 많이 다르지요. 아직 마스터와 실전 대결을 해보신 적이 없다는 것은 좀 아쉽군요."

"시뮬레이션으로는 해봤는데…."

"한 명, 한 명의 사람이 다르듯이 모든 마스터의 전투 스타일이 다른데 시뮬레이션으로 마스터의 무력을 재단한다면 잘못된 생각이겠지요."

칼스타인의 말이 고깝게 들렸는지 하현우가 여전히 퉁명스러운 말투로 칼스타인에게 말했다.

"그럼 댁이 한 번 보여주면 되겠구만. 그 무시무시하다던 마!스!터!가 어떤 위력을 보여주는지 말이야."

"하현우!"

하현우의 무례한 말에 임재호가 그를 제지하려하였지만, 칼스타인이 피식 웃으며 그의 말을 받았다.

"안 그래도 그러려고 했어. 너 같은 하룻강아지는 맞아야 정신차리거든."

"뭐?"

어이없다는 표정으로 반문하는 하현우를 뒤로하고 칼스타인은 임재호에게 말을 건넸다.

"이왕 이렇게 된 거 한 번 겪어보는 것도 좋겠군요. 어차피 흑영의 마스터는 제가 상대한다고 하지만, 그들이 어느 정도의 무력이 있는지는 알아야 만일의 상황에 대비를 할 수 있을 테니 말입니다."

임재호는 뜻밖의 전개에 제대로 대답하지 못하고 있었는데, 칼스타인이 말을 이었다.

"다만, 훈련 상황인 것을 감안하여 검기는 사용하지 않겠습니다. 괜히 검기를 썼다가 장비라도 파손되면 나중에 실전에서 문제가 생길 테니 말입니다."

검기를 사용하지 않는다는 칼스타인의 말에 임재호는 내심 다행이라는 생각을 하였다.

'검기가 없는 마스터라면 충분히 승산이 있지! 저 친구가 우릴 너무 만만하게 보는 군. 마스터의 자만심인가? 합을 맞추어야 한다니 이번 기회에 우리의 힘을 보여 주는 것도 좋겠군.'

그나마 이성적으로 판단하는 임재호 역시 아직 마스터와 대결을 펼쳐본 적 없는 지라 칼스타인의 태도를 자만심 정도로 생각했다.

그렇게 결론을 내린 임재호는 뒤에 있는 대원들을 향해 간단한 수신호를 주었고, 그 수신호에 따라 각 조장을 필두로 대원들은 일사분란한 모습으로 움직였다.

그들의 모습을 보는 칼스타인은 내심 고개를 끄덕였다. 지금 보여주는 이들의 모습이 에르하임 제국의 평기사들에 비해서도 그리 떨어지지 않았기 때문이었다.

'상당히 훈련이 되어 있긴 하군. 이 형태는 원형진인가.'

수호대의 대원들이 자신을 중심으로 원형을 그리며 둘러싸고 각 조의 조장들이 삼재진(三才陳)의 형태로 서자 칼스타인이 그들에게 슬쩍 말을 건넸다.

"준비는 끝났습니까?"

칼스타인의 도발에 전 대원들은 한껏 기세를 올린 상태였는데도 칼스타인이 아무렇지 않은 것처럼 말하자 본때를 보여주겠다는 마음으로 임재호는 그에게 대답하였다.

"그렇습니다. 한 번 해보시죠."

"먼저 시작하시죠."

임재호는 굳이 칼스타인의 말을 거절하지 않았다. 아무리 검기를 사용하지 않는다고는 하지만, 마스터는 마스터였다. 결코 방심할 수 있는 상대가 아니었다.

"타입은 S타입, 공격 방식은 A3이다! 연습이긴 하지만 조심해! 시작하라!"

그의 말에 따라서 다시금 대원들이 움직였다. 방패와

같은 방어구를 든 조원들이 앞으로 나서 방어대형을 짜고 원거리 공격이 가능한 대원들이 맹렬한 기세를 돋워서 칼스타인을 향해 공격하기 시작했다.

휘리릭~ 휘잉~ 화르륵~ 파지직~~

대부분은 무공이었지만, 드물게 초능력에서 마법까지 다양한 형태의 공격 수십가지가 칼스타인을 향해 날아갔다.

말은 없었지만 그들 역시 칼스타인의 발언이 마음에 들지 않았는지 연습이지만, 나름 전력을 다해서 공격하였다. 그래서 공세의 매서움이 연습으로 보이지 않았다.

채앵~ 챙~ 쾅~ 콰앙~~

일단 칼스타인은 별다른 움직임 없이 그들의 공격을 맞받아 주었다. 그나마 매서운 몇 가지 공격들은 방향만 틀어서 다른 곳으로 돌렸고, 그 외의 공격들은 호신막을 펼쳐 그대로 받아버렸다.

"으헛!"

공격이 방향을 틀면서 자신을 향해 날아오자 기겁하는 대원들도 몇몇 있었지만, 대부분은 방패를 들고 있는 방어조가 막아내서 별다른 피해가 없었다.

칼스타인이 아무렇지 않게 막아내는 것을 확인한 임재호는 다시 한 번 크게 외쳤다.

"A2 형으로 전환!"

그의 말에 따라 이번에는 각 조별로 근접 무기를 든 대원 서너 명이 튀어나와서 칼스타인에게 공격을 감행하였다.

"하압!"

"흐라차!"

"합!"

조금 전의 공방에서 칼스타인의 실력이 보통이 아님을 파악하였기에 이들의 검은 애초에 마나를 주입한 샤이닝 상태에 들어가 있었다. A급의 능력자인지 범상치 않은 공격이었다.

총 열한명의 합공이었지만, 그들은 이미 수백, 수천 차례 이상 합을 맞추었는지 서로의 진로를 방해하거나 걸리적거리는 것 같은 모양새는 전혀 없었다.

마치 톱니바퀴가 돌아가는 것처럼 정교한 합공이 이어졌고, 이 공격에 쏟은 이들의 마나와 기세를 보면 아무리 연습이라 할지라도 칼스타인이 상처를 입을 것만 같았다.

하지만 이 정도 공격에 피해를 입을 칼스타인이 아니었다.

채앵~ 챙챙~ 챙~ 퍽~!

칼스타인은 자신의 목을 향하는 검을 피해낸 후 심장을 향해 찔러오는 단도를 자신의 검으로 쳐냈다.

동시에 그 반발력으로 양쪽 옆구리를 노리는 검조차 퉁겨낸 후 뒤에서 검격을 지르는 대원을 향해 발길질을 하여 타격을 한 것이었다.

피하지 못한 것 같은 상황을 한 번에 파훼한 칼스타인을 보며 대원들은 다소 질린 듯한 표정을 지었는데, 그런 그들을 슬쩍 훑어 본 칼스타인은 나지막이 입을 열었다.

"이젠 내 차롄가?"

칼스타인에게 집중하고 있던 임재호는 그의 말을 들을 수 있었고, 재빨리 조원들을 향해 다음 지시를 내렸다.

"이런! 타격반을 제외하고 모두 D4 형으로 전환!"

임재호의 지시가 나오자마자 대원들은 재빠르게 움직였는데 이들의 움직임보다 칼스타인의 움직임이 더 빨랐다.

퍼퍽퍽퍽~

칼스타인은 순식간에 자신의 주변에 있던 대원들의 목덜미를 쳐서 그들을 기절시킨 후 한 마리 늑대가 양떼 속으로 들어가듯이 수호대의 대원들 속으로 뛰어 들어갔다.

"막아라!"

"으악!"

"하얍!"

"이 쪽에서 막아!"

콰직! 펑~~! 콰앙!

대원들은 각자의 장기를 사용하며 칼스타인을 막아내려 하였지만, 칼스타인의 움직임을 막을 수 있는 자는 아무도 없었다.

몇 분 채 흐르지도 않았는데, 세 명을 조장을 제외하곤 모든 대원들이 바닥에 나뒹굴고 있었다. 만일 훈련상황이 아니라면 모두가 죽임을 당했다고 해도 될 정도의 상황이었다.

조장들 역시 멀쩡하지는 않았다. 당연히 그들이 공격을 주도하며 대련을 펼쳤기에 대원들이 쓰러진 상황에서 그들이 멀쩡하다는 것은 말이 되지 않았다.

그나마 여자라서 그런지 2조장 최선주는 몇 군데 옷자락을 베인 것에 불과하였지만, 1조장 임재호와 3조장 하현우는 이미 수차례 바닥에 굴렀기에 온 몸이 먼지 투성이었다.

특히, 3조장 하현우는 칼스타인이 정신을 차리게 해주겠다는 자신의 말을 지키기나 하려는 듯 이미 십수차례 바닥에 뒹굴었다가 일어난 상태였다.

다만, 다른 대원들처럼 기절하거나 전투불능 상태는 아니었는데, 그것은 그의 실력이 뛰어나서 그렇다기 보다는 그가 쓰러지지 않도록 칼스타인이 일부러 힘 조절을 한 것에 불과하였다.

조장들을 제외하고 모두가 쓰러진 상태가 되자 칼스타인은 더 이상의 공격은 멈추고 조장들에게 말했다.

"이 정도면 본보기가 되었나? 검기를 사용하지 않았음을 생각해보라고. 다른 마스터와의 전투에서는 이런 배려따위는 없을 테니 말이야."

"헉헉… 대단하시군요… 헉… 지금까지 제가 잘못 생각했던 것… 같습니다… 헉… 헉…."

임재호는 가쁜 숨을 몰아쉬며 칼스타인에게 대답했다. 대련 전까지만 하더라도 S급 몬스터까지 잡은 수호대에 한껏 자신감을 갖고 있던 임재호였기에 이런 결과가 나온 지금 그는 꽤나 충격을 받은 눈치였다.

사실 칼스타인의 실력을 마스터가 가진 실력의 기준으로 삼는 것은 마스터의 무력을 너무 높이 평가하는 것이었다.

하지만, 칼스타인이 마스터가 된지 얼마 되지 않았다는 정보밖에 없는 임재호와 수호대의 입장에서는 처참하게 박살난 자신들이 너무나 초라하게 느껴지는 것이 당연하였다.

자신들의 무력이 초보 마스터에게도 통하지 않는다고 생각되었기 때문이었다.

"크윽…."

그 중 하현우는 분하다는 표정과 함께 이를 악물었다. 그런 하현우를 바라보던 칼스타인은 우습다는 표정으로 그에게 반문하였다.

"분한가?"

대답대신 하현우는 핏발 선 두 눈으로 칼스타인을 노려 볼 뿐이었다.

"좀 더 해보고 싶다면 얼마든지 말해. 다만, 이제는 부하 대원들의 지켜보는 눈이 없으니 아까처럼 체면을 세워 준다고 공격에 힘을 빼는 배려 같은 건 없을 테니 말이야."

상대가 전혀 되지 않는 것을 알았기에 하현우는 더 이상 말이 없었다. 대답하지 않는 하현우의 눈 속에는 분노와 좌절감, 허탈함 같은 각종 감정들이 소용돌이치고 있었다.

말 없이 복잡한 눈빛만을 하고 있는 하현우 탓에 분위기가 점점 좋지 않게 변하자, 임재호가 서둘러 말을 꺼냈다.

"이만하면 된 것 같은데 오늘은 그만하는 것이 좋겠습

니다. 혹시 괜찮으시면 며칠 머무시면서 마스터를 상대할 때의 방법 같은 것을 조금 알려주신다면 조만간 있을 흑영과의 전투에서 큰 도움이 될 것 같습니다. 부탁드리겠습니다."

임재호가 꾸벅 고개를 숙이면서 말하자 옆에 있던 최선주 역시 같이 허리를 굽히며 말했다.

"이헌터님, 저도 부탁드릴게요. 오늘 대련을 하고나니 우리가 얼마나 우물 안의 개구리인가를 알겠네요. AS급에 올랐다고 자만했던 제가 부끄러울 뿐이에요."

둘의 부탁에 잠시 생각을 정리한 칼스타인은 고개를 끄덕이며 그들에게 말했다.

"흐음… 알겠습니다. 이틀 정도는 시간이 있으니 한 번 보도록 하죠. 어차피 손발이 맞아야 쓸데없는 희생도 없을 테니 말이에요."

하현우의 태도는 좋지 않았지만 임재호나 다른 수호대의 대원들을 보며 에르하임 제국의 기사들이 떠올랐던 칼스타인은 아무 조건 없이 흔쾌히 그들의 부탁을 수락하였다.

칼스타인이 그들의 요청을 승낙하자 최선주는 환호를 지르며 임재호를 자연스럽게 끌어안았고, 임재호는 약간 얼굴을 붉히긴 하였지만 그녀의 포옹을 거부하지 않았다.

'서로 좋아하는 사이인가? 좋을 때로군.'

아직 연인인지 아닌지는 알 수 없었으나 둘 사이에 호감이 있음을 알아차리는 것은 그리 어렵지 않았다. 단순한 동료로서의 분위기 이상으로 보였기 때문이었다.

다만, 그 모습을 바라보는 하현우의 표정은 좋지 않았다. 아까 전에는 칼스타인에게 처참히 패배한 것에 대한 좌절감이 가득한 눈이었다면, 지금은 그 좌절감에 질투라는 감정까지 함께 하고 있었다.

'호오. 삼각관계였나.'

10년간을 함께 고생한 남녀라면 연애감정이 생기는 것이 어쩌면 당연한 일일지도 몰랐다. 그렇기에 이런 삼각관계도 이상하게 보이지는 않았다.

어차피 최선주의 외모는 외부의 기준으로 해도 빠지는 외모도 아니니 하현우 뿐만 아니라 다른 대원들 역시 그녀에게 연애 감정을 가졌을 법도 하였다.

그렇게 각자의 생각을 가지고 시간은 흘러갔다.

❖

이틀만 있겠다고 하였는데 그들과의 훈련이 재미있었던지 칼스타인은 일주일이라는 시간을 그들과 함께하였다.

일주일간 숙식까지 함께하며 수호대의 대원들과 훈련을 함께한 칼스타인은 이제 대원들과 꽤나 친밀한 사이가 되었다.

각 대원들이 스스럼없이 칼스타인에게 질문을 던졌고, 칼스타인도 그들의 질문에 충분히 응답을 해 주었다.

단, 시작이 좋지 않았던 하현우는 예외였다. 다른 조원들에 비해서 유독 3조의 조원들이 수련에서 막히는 부분들에 대해서 적극적으로 칼스타인에게 질문을 던질 때, 그들의 수장인 하현우만은 여전히 칼스타인과 거리를 두고 있었다.

오늘도 칼스타인은 대원들과 함께 수련을 마치고 식사를 하러 가려는데 1조장 임재호가 칼스타인을 불렀다.

같이 가던 대원들을 먼저 식당으로 보낸 칼스타인은 복도에 서 있는 임재호에게 말을 건넸다.

"무슨 일입니까?"

"날이 잡혔습니다."

임재호가 말하는 날이라는 것은 바로 흑영과의 일전을 이야기하는 것이었다.

"그래요? 언제지요?"

"사흘 뒤 정도 강원도 화천입니다. 연합회에서 그 쪽에 있는 S급 몬스터 홀을 구했다고 하는군요."

"사흘이라… 계획은 그대로인가요?"

"네, 변동사항은 없을 것 같습니다. 어차피 흑영의 탐사팀이 사전 조사를 할 테니 수준 높은 결계 같은 것을 설치할 수는 없을 겁니다. 기껏해야 간이 결계정도나 설치할 시간밖에 없을 테니 사전에 계획 했던 대로 진행될 것 같습니다."

임재호의 말에 칼스타인이 고개를 끄덕이며 말했다.

"알겠습니다. 그런데 진영만과 진기훈 중에서 누가 온다고 하던가요?"

연합회에서는 성공률을 최대한 높이기 위해서 칼스타인에게 미리 두 마스터에 대한 상당한 정보를 알려주었다. 그 정보에 따르면 둘 다 무공을 사용하는 무투형의 능력자이기는 하였지만 전투 스타일이나 사용하는 무공에는 상당한 차이가 있었다.

물론 누가 오든 관계가 없었지만 단순한 호기심에 칼스타인은 임재호에게 질문을 던진 것이었다.

"아무래도 아들인 진기훈이 올 것 같습니다. 아무래도 그가 공격대의 대장이니 말입니다."

"그럼 진기훈을 잡으면 계획대로 바로 진영만을 잡는 건가요?"

"계획대로 된다면 그렇겠지요."

"기대 되는군요."

"기대요? 긴장되시지 않는가요?"

"긴장요? 후후."

조금 전까지만 해도 임재호는 긴장한 기색을 역력히 보이고 있었다. 물론 그래 오래지 않아 작전일이 다가올 것이라는 것을 알고 있었지만 막상 사흘 뒤가 디데이라는 소리를 듣자 갑자기 긴장감이 찾아온 것이었다.

하지만 칼스타인인 긴장은커녕 재미있다는 표정을 짓고 있어, 임재호는 스스로에게 자신의 생각이 과한 것이 아닌가 하는 내심 반문을 하며 서서히 긴장을 풀고 있었다.

칼스타인의 의연한 태도가 그의 긴장감을 덜어 준 것이었다.

"하… 어쨌든 대단하십니다. 마스터가 되면 정신력도 높아진다더니… 아, 정신력이 높아져야 마스터가 되는 것이 맞겠군요. 참… 그렇게 생각하면 전 아직도 멀었군요."

"아닙니다. 1조장님은 조만간 작은 깨달음만 있으면 충분히 마스터에 오를 수 있을 겁니다."

칼스타인의 말은 빈말이 아니었다. 어릴 적부터 위원회의 기대주였던 임재호는 각종 영약을 먹었을 뿐만아니라

이십여년에 가까운 시간동안 마나집적진에서 수련을 해왔기에 그의 마나는 마스터가 가져야 할 마나량을 초과하고 있었다.

물론 무한정의 마나를 저장할 수는 없었다. 마스터가 되어 마나홀을 키우지 않는 이상, 임재호의 마나량은 이제 한계라 할 수 있는 상황이었다.

어쨌든 지금 임재호의 마나는 충분하였다. 그리고 충만한 마나로 오랜 마나 수련을 행하였기에 신체 역시 환골탈태를 할 준비가 되어 있었다.

그에게 부족한 것은 약간의 깨달음뿐이었다. 하지만 그런 사실을 알 수 없는 임재호는 손사례를 치며 칼스타인에게 대답했다.

"마스터…에 오르면 좋겠지만, 수년 전부터 성장이 멈추었기에 사실 지금은 약간 포기하고 있지요… 그래도 말씀이라도 그렇게 해주시니 감사합니다."

약간의 깨달음이라고는 하지만 재능과 운이 따르지 않는다면 평생가도 그 깨달음을 얻을 수는 없었다.

'수하 기사라면 한 번 시도해 주고 싶은데… 뭐, 그 정도 오지랖까지는 보일 필요는 없지.'

만일 자신의 기사라면 극한의 위기상황으로 몰아넣어 강제 각성을 시도해 주고 싶지만, 이제 통성명한지 일주일

34 이계황제
헌터정복기 4

밖에 되지 않은 상황에서 군이 그럴 필요도 이유도 없었다.

"어쨌든 그럼 훈련은 끝이겠군요."

"그렇습니다. 작전일까지는 적극적인 훈련보다는 휴식과 회복을 통해서 당일에 최대한의 전력을 발휘하도록 해야겠지요."

임재호는 담담하게 말을 하려고 하였지만 떨리는 목소리까지는 숨길 수 없었다. 목소리에 담긴 감정은 기대반 걱정반이었다.

기대는 10년간의 결과를 보게 되기 때문에 드는 감정이고, 걱정은 그 과정에서 몇 명의 대원들이 살아남을지 알 수 없었기 때문에 드는 감정이었다.

그런 임재호의 감정을 읽은 칼스타인은 그의 어깨를 한 차례 두드리고는 그에게 말했다.

"그럼 저 역시 집으로 돌아가 휴식을 취하겠습니다. 작전일에 말씀하신 집결지로 바로 가도록 하죠."

"아. 그러시겠습니까? 알겠습니다. 그 동안 감사했습니다."

"저 역시 즐거웠습니다. 그럼 저는 바로 나가보도록 하겠습니다."

칼스타인이 대원들에게 인사도 없이 바로 가려고 하자

임재호가 칼스타인을 잡았다.

"그래도 대원들에게 인사는 하고 가시는 게…."

"뭐 어차피 사흘 뒤에 볼 테니 대원들에게 별도의 인사는 하지 않겠습니다. 1조장님이 잘 말씀해주세요."

"알겠습니다. 그럼 그날 뵙겠습니다. 아. 그럼 지금 드려야겠네요."

인사를 나누던 임재호는 뭔가 생각났다는 듯한 표정으로 칼스타인에게 말했다.

"뭘 말인가요?"

"하하. 이쪽으로 오시지요."

어차피 개인적인 물품 같은 것은 없었기에 칼스타인은 바로 임재호와 함께 수련장을 벗어났다.

수련장을 나온 임재호는 숲길을 따라 차량이 다닐 수 있는 길까지 그를 인도 한 뒤 길 한 쪽 편에서 특정한 패턴으로 자신의 마나를 발현하였다. 바로 은신결계를 해제하는 것이었다.

결계를 해제하자 그곳에는 적어도 일천평 이상은 되어 보이는 커다란 창고가 하나 있었다.

"이건 무슨 창고인가요?"

"하하. 잠시만 기다리십시오."

임재호는 칼스타인의 궁금증을 더 키운 다음 익숙하게

문에 있는 장치를 조작하여 창고를 열었다.

창고 안에는 각종 장비와 함께 몇 대의 차량이 있었는데 임재호는 그 중에서도 가장 앞에 있는 검은색 SUV 차량에 시선을 두더니 칼스타인에게 키를 넘겼다.

"이게 뭔가요?"

"타고가실 차량이 없지 않습니까? 회장님께서 우리 대원들의 수련을 도와 준 대가라고 가실 때 드리라고 하시더군요."

임재호의 말처럼 칼스타인이 이곳으로 올 때는 최선주와 동행하여 자신의 차량을 따로 몰고 오지는 않아 지금 당장 탈 차는 없었다.

그래서 칼스타인은 신법을 이용해서 뛰어 갈 생각을 하고 있었는데, 임재호가 아니 연합회의 회장 최성호가 그런 사실을 알고 이렇게 차를 준비한 것이었다.

사실 지금껏 칼스타인은 차에는 크게 관심이 없어 수백억의 자산을 갖고 있음에도 차량은 처음 구매하였던 중고 세단 차량을 타고 다녔었다.

하지만 듣는 이야기는 있었기에 지금 이 차량이 얼마나 고가의 차량인지는 알고 있었다.

"이건 MK사의 블랙포스군요."

MK사는 단순한 자동차 제조사가 아니었다. 그리고

블랙포스도 단순한 SUV차량은 아니었다.

MK사는 헌터들을 위한 사냥장비를 만드는 회사로 유명한 회사로 세계 제일의 기술력과 자본을 갖고 있는 회사였다.

그리고 이 블랙포스는 MK사에서 굴지의 자동차 회사인 BNW사를 인수한 뒤 야심차게 만든 사냥용 차량 중에서도 한해에 몇 대 만들지 않는 한정판매 차량이었다.

100억원에 가까운 가격의 이 차량은 차량 전체가 마나스틸로 만들어져 있고, 마정석을 그 동력으로 하고 있다. 그런 만큼 필요에 따라서 자체 방어 결계까지 발동이 가능한 차량이었다.

"알아보시는군요. 블랙포스 M2입니다. 회장님이 아끼시던 건데 어차피 본인에게는 쓸모가 없다고 이 헌터님 드리라는 군요."

칼스타인에게도 딱히 필요가 있는 것은 아니었지만, 굳이 그의 성의를 거절할 필요는 없었다.

그리고 칼스타인이 수호대의 대원들을 도와준 것을 금전적으로 환산한다면 충분히 이 이상의 가치를 하였기에 칼스타인은 사양하지 않고 블랙포스의 차키를 받았다.

"흠… 알겠습니다. 어차피 차가 한 대 필요하긴 하였는데 감사합니다. 회장님께도 감사하다고 전해주십시오."

"네, 알겠습니다."

"그럼 이만 들어가겠습니다. 사흘 뒤에 뵙지요."

마지막 인사를 나눈 칼스타인은 블랙포스를 몰고 사라졌고, 임재호는 그 뒷모습을 한참동안이나 바라보고 있었다.

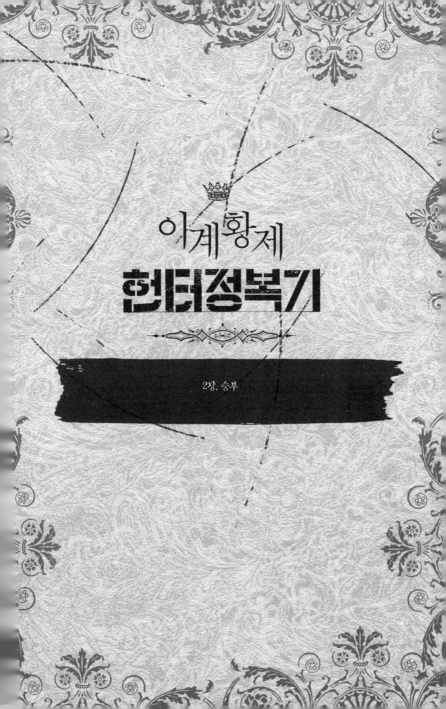

이계황제 헌터정복기

2장. 승부

2장. 승부

시간은 금방 흘러 작전일이 되었고, 칼스타인은 선물받은 블랙포스를 몰고 강원도 화천의 집결지로 갔다.

긴장하고 있던 대원들은 익숙한 칼스타인의 얼굴이 보이자 반가운 표정을 지으며 손을 흔들었고 칼스타인도 마주 손을 들어 준 다음 임시로 설치한 지휘부의 천막으로 들어갔다.

그 곳에는 수호대의 조장 세 명 이외에도 최성호와 처음 보는 두 명의 중년인들이 함께 자리하고 있었다.

"왔어요?"

가장 먼저 입구 근처에 있던 최선주가 칼스타인에게

인사를 건넸고, 칼스타인은 목례로 그녀의 인사를 받은 다음 최성호를 포함한 모두에게 인사를 하였다.

"잘 지내셨습니까?"

"자네 왔구만. 잠은 잘 잤나?"

"네. 푹 자고 왔습니다."

"허허. 난 긴장이 되어서 한숨도 못 잤는데… 역시 젊음이 좋은 건가?"

젊음이 좋다는 이야기에 최선주가 어깨를 으쓱하며 말했다.

"아빠. 여기서 제일 어린 저도 한숨도 못 잤어요. 나이와는 무관한 거 같은데요?"

"허허. 그런가? 그럼 역시 마스터라서 그런가 보군."

칼스타인이 자신의 실력에 자신감이 있어서 그런 것이지 꼭 마스터라서 그런 것은 아니었다. 하지만 칼스타인은 그말에 반박하지 않고 다른 질문을 던졌다.

"그런데 이 두 분은 처음 뵙는 군요. 혹시 누구신지 알 수 있을까요?"

"아. 그렇지. 이쪽에 키 큰 친구는 연합회의 부회장이며 탐사대를 맡고 있는 박원용이라 하네."

최성호의 소개에 박원용은 칼스타인에게 악수를 권하며 말했다.

"박원용이오."

"이수혁이라 합니다."

"마스터라고 했지요? 젊은 나이에 대단한 경지시군요."

박원용이 말을 이어가자 최성호가 그의 말을 끊으며 말했다.

"대화는 소개부터 하고 하도록 하지. 원철이가 섭섭하잖아. 이쪽의 키 작은 친구 역시 연합회의 부회장이고 지원대를 맡고 있는 곽원철이라 하네."

자신의 소개를 들은 곽원철은 최성호에게 툴툴거리며 말했다.

"형님. 꼭 키 작다는 말을 붙여야 합니까? 에휴. 이거 서러워서 살겠나. 어쨌든 반갑네. 곽원철이라 하네."

곽원철과도 악수를 나누자 최성호가 주위를 환기시키며 말했다.

"이제 주인공이 왔으니 구체적으로 이야기 하도록 하겠네. 일단 지금 진기훈은 우리 연합회 소속 탐사대원의 인도로 5킬로미터 떨어진 결전 장소인 S-중급 몬스터홀로 오고 있다네. 조금 전 서울에서 출발했다고 하니 한 시간 정도면 도착하겠군."

연합회 측에서는 실제 S급 몬스터홀을 구해 놓은 상

태였다. 어차피 흑영의 사전 조사팀이 확인할 테니 몬
스터홀 자체를 허위로 꾸며서는 그들을 유인할 수 없었
다.

"그럼 진입하기 전에 끝내실 겁니까? 아니면 사냥을
마치고 나오면 잡으실 겁니까?"

"사냥 전에 끝낼 생각이네."

"보통은 뒤를 치는 것이 낫지 않는가요?"

칼스타인의 말처럼 일반적인 생각에는 당연히 사냥을
하고 나오는 일원들을 공격하는 것이 훨씬 유리하다고
할 수 있었다.

하지만 이어지는 최성호의 말을 듣고 나서는 칼스타인
역시 그의 의견에 고개를 끄덕였다.

"뭐 그렇게 생각할 수도 있겠지만, 안전을 최우선 하는
진기훈은 사냥이 끝나더라도 그 안에서 정비를 다 마치
고 완전한 상태로 나오기에 뒤를 치는 것은 사실 크게 의
미가 없다네."

"음…."

"그리고 사냥이 언제 끝나는지 알 수도 없는 상태에서
대원들을 계속 긴장하게 해놓는다면 전력에 큰 손실이
아니겠나?"

"하긴 그렇긴 하겠군요."

사냥에 들어가는 것은 알 수 있지만, 끝나는 시간을 알 수 없었다. 칼스타인이야 사냥이 마칠 때까지 기다린다고 해서 그 동안 긴장을 하거나 하지는 않겠지만 보통의 대원들은 달랐다.

최성호의 말처럼 대원들을 상시 대기상태로 둔다면 나중에 작전에 돌입하였을 때 온전한 힘을 발휘하기 힘들어 질 수 있었다.

"어쨌든 다른 의견이 없다면 세부 전술로 넘어가겠네. 몬스터홀의 등급은 S-중급, 크기는 10인용으로 중간 정도 규모라네."

"10인이라…."

"사실 5인이하의 소형 홀을 찾고 싶었지만, S급 몬스터홀은 그렇게 쉽게 구할 수 있는 것이 아니니 부득이하게 이 홀로 작전을 하게 되었네. 20인이나 30인의 대형 홀이 아닌 것이 다행이겠지."

"그럼 진기훈까지 10명의 헌터가 오는 건가요?"

"10명은 몬스터홀에 투입되는 인원이고, 여기에 경호 헌터들도 있다네. S급 몬스터 홀이다 보니 네 명의 경호 헌터들도 다 A급이지. 그래서 총 14명이라네. 뭐 운전기사들도 있겠지만 그들은 뭐 무시해도 되겠지."

14명, 진기훈을 빼면 13명의 A급 헌터이니 진기훈만 칼스타인이 잡아낸다면 나머지 헌터들은 수호대가 압도할 수 있을 정도의 그리 많지 않은 인원이었다.

다만, 한 명의 희생이라도 줄이기 위해서 이런 작전을 계획하고 있는 것이었다.

한참동안 작전에 대해서 이야기 하던 최성호는 문득 손에 찬 시계를 확인하였다.

"흠… 이제 올 시간이 다되어 가는군. 그럼 아까 전에 말했던 위치로 이동하도록 하지. 잘 부탁하네."

긴장한 표정의 최성호는 각 조장들과 한 번씩 눈을 맞춘 다음 마지막으로 칼스타인을 바라보더니 고개를 한번 끄덕였다. 믿고 있다는 의미인 것 같았다.

그렇게 회의는 마쳤고, 각 조장들은 자신들의 조원을 이끌고 예정하였던 위치로 이동하였다. 칼스타인은 일단 임재호와 행동을 함께 하기로 하였다.

❖

부우우웅~

예상했던 시간이 다되어가자 저 멀리서 서너대의 차량 소리가 들려왔다. 흑영의 차량이었다.

얼마 지나지 않아 검은색 SUV 차량 네 대와 검은 색

트레일러가 한 대가 아무것도 없는 공터에 와서 멈추어 섰다. 차량의 외부에는 모두 흑영의 문양이 들어가 있어 자신들이 흑영 길드임을 감추지 않고 있었다.

트레일러는 장비를 실은 차량인지 아무도 내리지 않았고, SUV 차량 네 대에서만 십여 명의 사람들이 내리며 주변을 훑어보았다.

그 중 가장 앞선 차량에서 내린 검은 옷의 남자는 손에 든 장치를 익숙하게 조작하더니 이내 몬스터홀을 숨기고 있는 간이 은신결계를 해제하였다.

삐빅~ 삑~

"되었습니다."

남자의 말과 함께 사람들의 눈앞에는 직경 오미터 정도로 보이는 원형의 푸른 기류가 드러났다. 바로 S-중급 몬스터홀이었다.

다른 사람들과는 달리 검은 선글라스를 쓰고 있는 40대 중반의 남자가 몬스터홀을 확인한 뒤 주위의 남자들에게 말했다.

"자. 간단하게 몸만 좀 풀고 바로 들어가자. 장비부터 착용해."

"네! 팀장님!"

이 남자가 바로 흑영의 마스터 진기훈이었다. 진기훈

의 말에 따라서 각 헌터들은 장비를 착용하기 시작했다.

각인이나 귀속형태의 장비들은 소환하는 즉시 사용자에 맞게 착용이 되나, 그렇지 않은 무구들은 일일이 착용해 주어야 하였다.

몇몇 헌터들은 마법사에게 의뢰하여 각인과 유사한 자동 착용 및 해제 마법을 거는 경우도 있었지만, 제조물품이라면 모를까 아티팩트에는 그런 마법은 걸리지 않았기에 크게 의미는 없었다.

그렇게 헌터들이 장비를 착용하고 있을 때였다.

파츠츠측!

기이한 파열음과 함께 자신들을 중심으로 반경 1킬로미터 정도에 완전무장을 한 수십명의 이능력자들이 나타났다. 지금껏 이들을 기다렸던 블랙머천트 연합회의 수호대였다.

갑작스러운 등장이었지만 흑영의 헌터들은 경계만 할 뿐 별다른 반응을 보이지는 않았다.

S급 몬스터홀을 상대하러 온 정예 헌터들이다 보니 이정도 상황으로 당황하지는 않는 것이었다.

연합회의 수호대 역시 섣불리 달려들지 않았다. 어차피 승부는 칼스타인과 진기훈의 전투로 시작될 것이고 거기서 끝날 것이었다.

칼스타인이 이긴다면 수호대는 손쉽게 이들을 잡을 수 있을 것이고, 만일 칼스타인이 패배한다면 필사의 각오로 진기훈과 옥쇄할 것이었다. 순간적인 기습 정도는 전투 전체 승패에 큰 영향을 미칠 수 없다는 말이었다.

그래서인지 수호대는 무기를 뽑으며 달려드는 대신에 원 형태의 대형을 좁히며 천천히 흑월팀을 압박하였다.

그런 수호대의 모습을 재미있다는 듯이 지켜보던 진기훈은 선글라스를 벗으며 수호대를 향해 외쳤다.

"우리는 흑영의 흑월팀인데 자네들은 누군가? 무장까지 하고 이렇게 나타난 것을 보니 좋은 의도를 가진 것이 아닌 것은 분명한 것 같은데 말이야."

진기훈은 흑영의 부길드장답게 웬만한 조직들에 대해서는 다 파악하고 있었는데 이런 복장과 기도를 보이는 정예 조직은 처음 보았기에 진기훈은 대놓고 이들의 정체를 물었다.

사실 진기훈의 말투는 대답을 기대하고 한 말은 아닌 것 같았는데, 이곳의 책임자라 할 수 있는 수호대의 1조장 임재호는 망설이지 않고 그의 말에 대답하였다.

"우리는 블랙머천트 연합회의 수호대다."

블랙머천트라는 말에 진기훈은 의외라는 표정으로 입을 열었다.

"블랙머천트? 블랙머천트와 우리 흑영은 꽤나 좋은 관계인데 왜 이러는 것이지? 회장도 이 일에 대해서 알고 있나?"

"좋은 관계? 하! 좋은관계라고 말을 하는 것이냐? 여기 있는 대원들의 절반 이상이 너희들의 손에 비명횡사한 가족들의 복수를 위해서 십여 년간 칼을 갈아왔는데 좋은 관계라는 말을 들으니 우습구나!"

임재호의 말처럼 현재 수호대 대원들 중 상당수는 10여 년 전에 있었던 흑영, 당시 백영과의 전투에서 희생되었던 대원들의 자식들이었다.

대원들이 지금까지의 고된 훈련을 참고 견딜 수 있었던 가장 큰 이유 중의 하나가 바로 이 흑영에 대한 복수심이었다.

임재호 역시 마찬가지였다. 임재호의 부친이 10년전 수호대의 조장이었고, 부친의 죽음에 대한 이야기를 들었던 임재호는 부친의 복수를 위해서 이 수호대에 몸 담았던 것이었다.

물론 모두가 그런 것은 아니었다. 과거 수호대의 자식들 외에도 연합회 측에서는 재능이 있는 고아들을 모집하여 수호대의 대원으로 만들었다.

대표적인 대원이 3조장 하현우와 같은 경우였다. 하지

만 그런 경우를 제외하면 임재호의 말처럼 상당수의 수호대원들이 흑영에 원한이 있는 것은 사실이었다.

"호… 우리라는 것을 짐작했을 거라는 것은 알고 있었지만, 이렇게 뒤에서 발톱을 감추고 있을 줄은 몰랐는데?"

진기훈 역시 그 전투에 참전했었기에 당시 상황에 대해서는 잘 알고 있었다.

흑영 측에서는 연합회에서 정황상 흑영이 개입했다는 것을 파악할 수는 있을 것이라 판단하면서도 어차피 한 번 예봉을 꺾어버렸기에 다시는 덤벼들지 못할 거라고 생각하고 있었다. 그런 상황에서 10년간 칼을 갈아왔다고 이야기 하자 의외라고 생각했던 것이었다.

하지만 슬쩍 수호대를 훑어본 진기훈은 비웃는 표정으로 임재호에게 말을 이었다.

"그런데 아직 정신을 못 차렸나보군. 마스터 하나 없이 마스터와 대적하려는 것을 보니 말이야."

그러나 진기훈의 내심은 비웃는 표정과는 달리 살짝 긴장하고 있었다.

'그 놈의 말이 맞다면 마스터가 있다는 것인데… 그 놈이 거짓을 말했을 리는 없고… 설마 내 탐색에서 기도를 감출 정도라는 것인가? 흐음….'

진기훈의 내심도 모르는 채 임재호는 자신들도 마스터
가 있음을 이야기하고 싶었지만, 아직 칼스타인이 나서
지 않아 잠자코 있을 뿐이었다.

어쨌든 임재호가 아무 말을 하지 않자 진기훈은 한마
디 말을 덧붙였다.

"어중이떠중이 수십명 모은다고 해봤자 마스터 하나만
못하다는 것을 다시 한 번 보여줘야겠어. 뭐, 어차피 조
만간 연합회도 정리하려고 하였는데 이렇게 먼저 이빨을
드러내 준다니 고맙군. 크큭."

이 말까지 들은 칼스타인이 한 걸음 나서며 말했다. 분
위기가 묘하게 이상해서 상황을 보고 보았는데 자신의
등장을 더 이상 늦추기 힘들다고 판단했기 때문이었다.

"그래서 이들이 날 초빙했지. 한 번 제대로 어울려 보
자고."

앞으로 나서며 기도를 개방한 칼스타인은 팔찌 형태로
각인한 벨로스 소드에 마나를 주입하여 원래 모습인 롱
소드 형태로 바꾸었다.

"호오… 있긴 있었군. 그런데 각인형 아티팩트라… 붉
은색 기운이면 영웅 등급의 아티팩트로군. 이번 일의 대
가로 받은 것이냐? 크큭. 각인형이니 더 큰 돈이 되겠는
걸?"

각인형 아티팩트의 소유권을 바꾸는 것은 사용자가 자신의 마나를 거두는 방법 외에도 더 큰 마나로 각인을 강제 해제하는 방법도 있었다.

즉, 귀속형 아티팩트가 주인의 죽음과 함께 사라지는 것과는 달리 각인형 아티팩트는 사용자를 살해한 후 빼앗을 수 있다는 이야기였다.

어쨌든 칼스타인의 어려보이는 외모 때문인지 진기훈은 칼스타인의 기도를 보고도 별다른 긴장을 하지는 않는 눈치였다. 하지만 그의 내심은 표정과는 달랐다.

'역시 그 놈 말이 맞았어. 내 탐지에 걸리지 않을 정도의 마나제어력에 영웅 등급 아티팩트라… 그 놈의 말을 경시했다면 큰 일 날뻔 했었군. 크큭.'

그 때 2조장 하현우가 급박한 표정을 지으며 대형을 이탈한 뒤 임재호에게 다가왔다.

"형님!"

"현우야 무슨 일이냐?"

"분위기가 이상합니다."

하현우의 말에 임재호는 재빨리 주위를 둘러보았지만 별다른 특이점을 발견하지 못하였다.

다만, 대화를 나누는 둘의 바로 앞에 있어 그 이야기를 들을 수 있었던 칼스타인은 하현우의 말에 슬쩍 백목심안을 펼쳤다. 자신 역시 분위기가 좀 이상하다고 느끼고 있었기 때문이었다.

그러나 백목심안에는 딱히 다른 것은 잡히지 않았다. 굳이 특이한 점을 찾자면 흑영의 차량, 네 대의 SUV와 트레일러에 마법이 설치된 것 정도였는데, 최소 엘로우존을 통과하는 차량이니 마법이 설치된 것은 어쩌면 당연한 일이었다.

그래도 혹시나 하는 생각에 이번에는 마나의 흐름이 아닌 백목심안의 특징 중의 하나인 감정의 흐름을 살펴보았는데 뜻밖에도 흑영 측 헌터들에게 묘한 기대감이 느껴졌다.

하지만 그런 상황을 모르는 임재호는 다시 하현우에게 반문하였다.

"무슨 분위기 말이냐?"

"저길 보십시오!"

하현우는 다급한 목소리와 함께 손가락을 들어 흑영길드의 트레일러를 가리켰고, 그 목소리와 동작 때문에 순간적으로 대부분의 시선들이 그의 손을 따라서 트레일러로 향했다.

그 때였다. 재빨리 손목을 돌려 붉은 기운을 뿜어내는 단검을 꺼내든 하현우는 자신의 바로 앞에 있는 칼스타인의 목을 향해 단검을 휘둘렀다.

뜻밖의 상황이긴 하였지만 지금 칼스타인의 경지는 이 정도의 공격 정도는 충분히 피해낼 수 있었다.

여유있게 앞으로 움직여 단도를 피해낸 칼스타인은 뒤를 돌아서 바로 하현우를 제압하려 하였는데, 그 순간 하현우의 단도에서 붉은 마나가 폭발하듯이 터져 나오더니 칼날과 같은 붉은 마나의 조각이 칼스타인의 전신을 노리고 쏘아졌다.

'흡!'

생각지도 못한 공격이기에 칼스타인 역시 내심 경호성을 내었다. 단순한 마법무구가 아닌 영웅 등급의 아티팩트의 기술인지 붉은 마나의 조각은 무시하기 힘든 위력을 갖고 있어 보였다.

하지만 이미 마스터에 오른 칼스타인은 이런 공격에도 대응할 역량이 있었다. 칼스타인은 단도에서 마나가 일어나자마자 신속하게 마나를 돌려 몸의 중심부위를 덮는 호신막을 만들었다.

퍽퍽퍽퍽~!

수백 조각으로 나누어진 마나 칼날의 대부분은 칼스타인의 호신막에 가로막혀 약한 파열음만 남기고 사라졌는데, 일부의 칼날은 칼스타인의 팔다리에 옅은 상처를 낼 수 있었다.

긴급한 상황이다보니 몸의 중심부에 호신막을 집중하여 상대적으로 팔다리 부분의 호신막은 그리 두텁지 못했기 때문이었다.

그러나 어쨌든 하현우의 공격은 끝났다. 하현우가 무슨 이유로 이런 배신행위를 한지는 모르겠지만 이제 남은 것은 칼스타인의 응징뿐이었다.

수호대의 모두가 그렇게 생각하고 있을 때였다. 하지만 칼스타인은 바로 하현우를 잡는 대신 한쪽 무릎을 바닥에 대고 바닥에 앉아 몸을 웅크렸다.

"크윽…."

칼스타인의 모습을 본 하현우는 수호대가 당황하는 사이 득의의 미소를 지으며 잽싸게 전방으로 빠져서 흑영쪽으로 합류하였다.

배신행위를 한 이상 더 이상 수호대 쪽에 있을 수는 없었기 때문이었다. 그리고 흑영에서 하현우의 합류에 다른 말이 없는 것으로 보아 하현우의 행동은 사전에 흑영과 함께 계획된 것임을 알 수 있었다.

이미 하현우를 놓친 임재호는 분한 얼굴을 감추지 못하고 하현우를 한번 쏘아보더니, 서둘러 칼스타인의 안위를 물었다.

"이헌터님! 괜찮으십니까? 이헌터님!"

뜻밖의 상황에 당황하던 주위의 대원들도 임재호의 말에 정신을 차렸는지 우르르 몰려와 칼스타인의 안위를 걱정하였다. 하지만 아직도 칼스타인은 주저앉아 숙이고 있는 허리를 펴지 못하고 있었다.

그 때 흑영 쪽에서 진기훈의 목소리가 들려왔다.

"크크크. [아크네의 독이빨]에 당했으니 제 아무리 마스터라 하더라도 버티는 것이 고작일 거다."

"아크네의 독이빨!"

진기훈의 말을 들은 임재호는 경악한 표정으로 다시 한 번 그 말을 반복하였다.

임재호가 놀랄 수밖에 없었던 것은 아크네의 독이빨은 상당히 유명한 영웅 등급의 아티팩트였기 때문이었다.

검신에 독을 머금고 있는 이 단도에 격중이 되면 십중팔구가 중독으로 인하여 죽음에 이르게 되는 경우가 많았다.

물론 별도의 해독수단을 갖추고 있다면 다른 이야기가 되겠지만, 이 독의 강력함은 통상적인 해독 포션 정도로는 해독이 불가능하였고 고급의 해독수단이 필요하기에 이 단점은 많은 헌터들에게도 요주의 아티팩트였다.

특히, 이 아크네의 독이빨이 유명해 진 것은 내재기술 때문이었다. 아크네의 독이빨은 일 년에 한 번 [물어뜯는 독니]라는 기술을 사용할 수 있었는데, 한 헌터가 이 기술로 S급 몬스터를 잡아내면서 아크네의 독이빨은 유명세를 얻게 되었다.

그리고 조금 전 하현우가 사용했던 기술이 바로 그 [물어뜯는 독니]였다.

사실 아크네의 독이빨에 스쳐서 중독된 것 정도라면 마스터에 오른 칼스타인이 별다른 어려움 없이 마나를 움직여 해독을 할 수 있었을 것이었다.

하지만, [물어뜯는 독니]는 검신의 독을 만들어내는 독정(毒精)을 마나화 시켜 분사하는 기술로 독의 강도가 검신에 흐르는 독보다 수백의 강력함을 지니고 있었다.

즉, 마스터라도 무시할 수 없는 독성이라는 의미였다. 칼스타인은 바로 그 기술에 상처를 입었기에 아직까지 완전히 독을 몰아내지 못하는 모습을 보이고 있는 것이었다.

"흐흐. 너 역시 알고 있나보군. 그렇다면 지금 저 놈이 아무리 마스터라 하더라도 이번 전투에서 힘을 쓰긴 힘들다는 것 또한 알겠지?"

"크윽…."

임재호의 머리 속은 복잡해졌다. 원래 계획은 진기훈과 칼스타인의 전투가 시작되는 대로 나머지 흑영의 헌터들을 다 제압하고 둘의 전투가 끝나는 것을 기다릴 계획이었는데, 이제는 자신들 모두가 죽음을 각오하고 마스터와 대결을 펼쳐야 하는 상황이 되었기 때문이었다.

칼스타인과의 대련을 통해서 마스터가 얼마나 강력한 존재인지를 절감한 임재호의 안색은 어두울 수밖에 없었다.

'이대로 복수에 실패하고 마는 것인가…'

이십여년을 벼루어 왔던 복수에 실패한다는 생각까지 들자 임재호는 가슴 속 깊은 곳에서부터 차오르는 분노에 하현우에게 소리쳤다.

"하현우! 네 놈이 왜! 왜! 우리 연합회를 배신한 것이냐!"

임재호의 외침을 들은 하현우는 일그러진 표정으로 비열한 미소를 지으며 그에게 대답했다.

"크큭. 나도 이럴 생각까지는 없었어. 그간 꽤나 힘들긴 하였지만, 고아인 내가 어디서 이런 능력을 얻을 수 있겠어? 하지만 삼일 전 네 방에서 들리는 소리에 참을 수가 없더군. 크크큭."

전혀 생각하지도 못한 하현우의 대답에 임재호는 무슨 소리를 하느냐는 표정으로 하현우를 바라볼 뿐이었다. 임재호의 그런 모습에 이번에는 하현우가 분노하며 소리 쳤다.

"삼일 전 네 방에서 저 년과 붙어먹었던 그 소리 말이 다!"

하현우의 손가락은 최선주를 가리키고 있었다. 그리고 그의 말은 끝나지 않았다. 이번에는 최선주를 향해 하는 말이었다.

"그래 최선주 네년 말이야. 뭐? 연합회의 미래를 위해서 마스터와 결혼을 할 거라고? 저 놈이 지금 마스터던가? 그런 입 발린 소리로 5년 동안이나 사람을 포기도 못하게 하면서 개처럼 굴려놓고! 뭐라고? 이제 어떻게 될지도 모르니 네 마음을 표현하고 싶다면서 네년이 저놈에게 먼저 다리를 벌려?"

하현우의 말에 최선주는 분노와 수치심으로 얼굴이 붉게 물들었다. 어떻게 그 대화를 듣게 되었는지는 모르겠지만, 하현우의 말과 실제 그녀가 한 말은 맞았다.

사실 5년 전 하현우가 고백을 하였을 때부터 최선주는 임재호에게 호감이 있었다.

고아출신으로 중간에 영입한 하현우와는 달리 어린

시절부터 고락을 함께 했던 임재호에게 아무래도 더 호감이 있는 것은 어쩌면 당연한 일이였다.

만일 임재호가 고백하였다면 받아주었을 지도 몰랐지만, 하현우에게는 그리 큰 호감이 없었던 최선주는 조금 전 하현우가 한 말로 그의 고백을 거절하였었다.

어차피 당시에는 연애를 할 상황도 아니었고, 연합회의 복수가 무엇보다 우선인 상황이었기에 그 말은 당시 그녀의 진심을 담고 있었던 것은 사실이었다.

문제는 해가 거듭해가면서 임재호에 대한 최선주의 마음은 더 커졌고, 어느 순간부터 임재호 역시 최선주에게 호감을 갖게 되었다.

하지만, 하현우에게 한 말이 있기에 둘은 서로의 사랑은 확인하지 못하였고, 임재호 역시 마스터가 되어서 그녀를 쟁취하려고 마음먹고 있었다.

그러던 차에 작전일이 잡히고 혹시 다시 보기 힘들 상황이 될 수도 있다는 생각이 들자 최선주는 과감하게 자신의 마음을 표현했던 것이었다.

여기까지는 문제가 없었다. 문제가 된 것은 최선주가 임재호의 방에 들어가는 장면을 하현우가 보았다는 것이고, 그들의 말을 엿 들었다는 것이었다.

그렇다고 해서 하현우가 배신을 한 것이 정당화 될 수

는 없었다.

그것을 알고 있기에 최선주의 머릿속에서는 분노의 감정이 수치심을 이겨냈다.

"하! 10여년을 함께 고생한 우리 동료들은 적에게 팔아넘긴 이유가 그것이었나? 너 같은 인간쓰레기 따위에 잠시나마 호감을 갖고 미안하다는 감정을 가진 내가 미친년이었네!"

"동료? 부모들이 수호대의 일원이었던 1, 2조 너희들과 우리 고아출신들을 알게 모르게 차별하고 있어놓고 뭐 동료? 하하하. 웃기지도 않는군."

그 말에 임재호도 최선주도 선뜻 반박하지 못하였다. 둘은 그런 의도가 없었지만, 실제 연합회의 수뇌부 측에서는 알게 모르게 부모가 수호대 출신인 대원들은 우대하고 있었기 때문이었다.

그리고 하현우의 말은 여기서 끝나지 않았다. 이번에는 3조 대원들을 돌아보며 말을 이었다.

"3조! 너희들은 이번 전투에서 빠져 있어. 굳이 저 놈들의 복수에 우리의 목숨까지 바칠 필요는 없지 않겠는가? 저 놈들은 우리를 동료라고 하지만, 만일 저 놈들이 우리를 동료라고 생각했다면 그런 차별을 용인했을 리가 없지 않겠나? 저 놈들은 우리를 화살 받이 정도로만 생각하고 있는 것이다! 비록 내 독단으로 한 행동이지만, 이미 흑영에다가 너희들은 살려주기로 협상을 하였으니 너희들은 전투에서 빠져서 후방으로 가거라!"

실제로 1조와 2조 대원들은 부모 중 하나가 수호대 출신이거나 흑영의 공격으로 피해를 입은 유족이라면, 3조 대원들은 전원이 고아로 이루어져 있었다. 당연히 3조의 조장 하현우 역시 고아출신이었다.

사실 3조의 실력은 1조 보다는 다소 떨어졌지만, 2조 보다는 우위에 있었는데 그들이 2조가 되지 못하고 3조가 된 것은 그런 출신이 영향을 미쳤다는 것을 대원 모두는 암암리에 알고 있었다.

어쨌든 하현우의 말에 3조 대원들이 술렁이기 시작하자, 1조장 임재호가 그들을 향해 외쳤다.

"동요하지 마라! 저 놈은 배신자일 뿐이야!"

임재호는 3조의 동요를 잠재우면서 동시에 하현우에게 외쳤다.

"네 놈이 뭘 얻고자 배신한지는 모르겠지만 어차피 너역시 토사구팽이 되고 말 것이다! 선주 역시 상황이 어떻게 되든 네 놈에게 갈 일은 없을 것이고!"

"크크. 과연 그럴까? 최선주는 이번 전투가 끝나고 나면 내 노예가 될 텐데? 흑영에서 [소로스의 낙인]을 찍어

주기로 이미 말을 끝냈지. 크크크."

소로스의 낙인은 희귀 등급의 소모형 아티팩트로 낙인
이 찍힌 피시전자는 시전자의 말을 거부할 수가 없었다.

다만, 큰 강제력을 발휘하는 것만큼 그 사용에는 상당
한 제한이 있었다. 바로 마나를 운용할 수 있는 능력자에
게는 사용이 불가능하다는 점이었다.

그 말인 즉, 지금 최선주에게 사용해도 의미가 없다는
말이었는데, 하현우는 공공연하게 [소로스의 낙인]을 언
급하고 있었다.

"서… 설마…."

"흐흐… 그래 네 생각이 맞을 거다. 노예 따위에게 마
나는 의미가 없을 테니 단전을 봉하고 마나를 운용하지
못하도록 마나 구속구를 심을 거야. 크크크."

노예라고는 하지만 어차피 전투를 목적으로 할 것이
아니었기에 마나의 사용 유무는 관계없었다.

하현우의 불순한 목적을 생각한다면 오히려 마나를 사
용하지 못하는 것이 나을 수도 있었다.

"그렇게 네 손에 떨어지느니 자결을 하고 말테다!"

"흐흐흐, 그것조차 네년 마음대로 안 될 거다."

여기까지 이야기를 듣고 있던 진기훈은 하현우에게 말
을 건넸다.

"좋아, 좋아. 네 놈 덕분에 일이 쉽게 풀렸어. 반신반의하긴 했는데 네 놈 말이 맞았어. 연합회 놈들이 마스터까지 초빙하다니… [물어뜯는 독니]를 사용한 것이 조금 아깝긴 하지만, 마스터 하나를 잡는 대가로는 싸게 치인 것이지."

"약속한 것을 지켜주는 것이죠?"

"그래, 어차피 우리 입장에서도 얼굴마담은 필요하니 네 놈이 그걸 맡으면 좀 더 부드럽게 연합회를 흡수할 수 있겠지."

3조장 하현우는 성호상회의 지점장 역할을 수행한 적이 있어, 이미 연합회의 다른 간부들과도 많은 안면이 있었다. 진기훈의 말처럼 얼굴마담으로 내세우기에 부족함이 없었다.

"감사합니다."

"감사는 무슨, 우리가 더 고맙지. 연합회를 통째로 우리에게 넘겨주니 말이야."

다소 비꼬는 듯한 진기훈의 말에도 하현우는 아무 말을 하지 않았다. 광기와 색욕이 담긴 눈빛으로 최선주를 노려볼 뿐이었다.

하현우의 뒤통수에 경멸한다는 눈빛을 보낸 진기훈은 주머니에 손을 넣은 뒤 주머니 안에 있는 장치의 버튼을

누르며 말했다.

"어쨌든 떨거지들이 같이 모여 있으니 편하군. 이 자리에서 다 쓸어버리면 되겠어."

덜컹~

진기훈이 누른 버튼은 트레일러의 양쪽 날개를 여는 버튼이었다. 동시에 트레일러에 펼쳐진 차폐, 차단 마법을 해지하는 열쇠이기도 하였다.

트레일러 안에는 100여 명의 헌터들이 대기하고 있었고, 그들은 날개가 열리자마자 밖으로 뛰쳐나와 흑영의 헌터들을 둘러싼 수호대와 대치하였다.

"허헙!"

생각지도 못한 능력자 100여 명의 등장에 임재호와 수호대의 대원들은 깜짝 놀랄 수밖에 없었다.

하지만 그들의 놀랄 일은 이것이 끝이 아니었다. 흑영의 숨겨온 헌터들이 사라진 자리에는 화려한 의자가 하나 있었는데, 거기에는 꽤나 유명한 중년인이 앉아 있었다.

바로 진기훈의 아버지이자 흑영의 주인 진영만이었다. 한 명의 마스터가 더 등장 한 것이었다.

"아버지. 상황이 정리 되었습니다."

"그래, 나도 안에서 다 들었다. 마스터가 한 놈 있다고 해서 좀 걸리긴 했는데 [물어뜯는 독니]에 당한 이상

너 혼자 처리할 수 있겠지?"

"당연하지요. 이렇게 될 줄 알았다면 굳이 아버지까지 모실 필요가 없었을 텐데 말입니다."

"항상 만일의 상황에 대비해야 하는 것이야. 어쨌든 이렇게 연합회의 숨은 발톱도 다 제거하고 나면 최성호를 비롯한 수뇌부도 더 이상 반항하지 못하겠지."

갑자기 전개된 상황에 임재호를 비롯한 나머지 수호대원들은 절망스러운 표정으로 변했다.

칼스타인이 쓰러진 이상 진기훈 하나만도 버거운 상황인데 흑영의 정예헌터 100여 명에 또 다른 마스터인 진영만까지 가세한 지금 승산은 완전히 사라졌다고 할 수 있었기 때문이었다.

'이렇게 된 거… 어쩔 수 없다….'

무슨 생각을 하는지 나름 결심을 내린 임재호는 동료들을 향해 말했다. 정확히 말하면 술렁이고 있는 3조를 향해 말했다.

"3조. 미안하다. 나 역시 너희들에게 부당한 대우가 가는 것을 어쩌면 묵인하고 있었던 것인지도 모르겠다. 1조와 2조야 이놈들이 불공대천의 원수지만 너희들은 그런 것도 아니었는데 말이야. 그래서 하는 말인데 어차피 승산이 없는 전투에서 너희들은 빠지는 것이 좋겠다."

뜻밖이라 할 수 있는 임재호의 말에 술렁이던 3조원들은 더 동요하였다.

"1조장님!"

"1조장!"

"재호형!"

그런 3조원들의 반응을 보며 임재호는 다시 말을 이었다.

"우리 쪽 마스터는 쓰러졌고, 저 쪽에는 새로운 마스터까지 나섰어. 이제 승산은커녕 살아남기조차 힘든 상황에서 굳이 너희들의 목숨까지 바칠 필요는 없겠지. 너희들이 원한 것은 아니었겠지만, 저 배신자 놈이 너희들의 목숨은 살려주기로 했다고 하니 뒤로 물러서거라."

여기까지 말을 했지만, 아직도 3조 대원들이 망설이고만 있자. 임재호는 말을 덧붙였다.

"미안한 마음을 가질 필요는 없다. 너희들이 겪는 부당함에 대해서 먼저 이야기 하지 못한 내가, 우리가 잘못한 것이야. 그리고 이것은 그 업이라고 할 수도 있겠지…."

1조와 2조의 대원들 중 몇몇은 임재호의 말에 동의하는지 무거운 표정으로 고개를 끄덕였다.

그들이 생각하기에도 자신들이 3조 대원들의 입장이라면 분노할 수 있을 것 같다는 생각이 들어서였다.

임재호가 여기까지 이야기하자 하나 둘씩 3조 대원들이 뒤로 빠졌고, 결국 19명의 3조 대원 중 15명의 대원들이 전장에서 이탈하였다. 하지만 네 명의 3조 대원들은 끝까지 자리를 지켰다.

"한수, 재혁, 시현, 이슬! 너희들도 물러서라. 굳이 목숨을 버릴 필요가 없지 않느냐!"

그들은 세 명의 남자와 한 명의 여자 대원이었는데 서로 눈빛을 주고받은 뒤 한수라고 불린 남자가 입을 열었다.

"재호 형님. 우리 넷은 그냥 남기로 했수다. 이런 상황에서 굳이 저 놈들에게 목숨을 구걸하고 싶지 않소. 그렇다고 이미 이탈한 동료들을 비난하고 싶지는 않소. 그들은 그들 나름의 판단을 내렸을 테니 말이요. 여튼 내가 말을 길게 하면 이미 이탈한 동료들이 괜히 마음이 안 좋을 테니 그냥 그렇게만 아쇼."

"너희들…."

임재호는 네 명의 얼굴 하나하나를 바라보며 미안함과 감격이 섞인 표정으로 고개를 끄덕였다.

이런 상황까지 보고 있던 진기훈은 비소(非笑)를 지으며 말을 꺼냈다.

"신파극은 그만 찍고, 정리가 끝났으면 우리 일도 해결하자고. 만약 저기 이탈한 놈들 외에도 전향할 마음이 있는 놈들은 지금 물러서라. 그럼 살려줄 테니까."

하지만 진기훈의 말에도 남은 수호대원들은 아무런 움직임이 없었다.

"크큭. 다 같이 죽겠다는 것인가? 뭐 좋아. 그럼 그렇게 하던지. 어쨌든 더 이상은 자비는 없다. 쳐라!"

진기훈의 명령과 함께 트레일러에서 나왔던 흑영의 헌터 백여명과 진기훈과 함께 왔던 헌터 십수명은 각자의 무기를 빼어들고 수호대를 잡으러 나섰다.

그들의 모습에 임재호와 최선주를 비롯한 사십여명의 수호대원들은 필사의 각오를 한 눈빛으로 그들과 맞서나갔다.

그 선두에는 임재호가 서 있었다. 푸르른 기운을 뿜어내는 장검을 들고 선 임재호는 절규와도 같은 외침을 내지르며 앞으로 달려 나갔다.

"수호대! 너희들의 목숨을 헛되게 해서 미안하다! 이 빚은 다음 생에 반드시 갚으마!"

"하하하! 무슨 빚이라는 말이오! 저 놈들을 처단하지 못하고 이렇게 사라지는 것이 한스러울 뿐이오!"

"사족은 필요 없고! 마지막 싸움이니만큼 원 없이 싸워 나 봅시다!"

절망한 수호대원들이 필사의 각오와 함께 달려드는 그 순간 전장의 한 곳에서 커다란 마나유동이 일어났다.

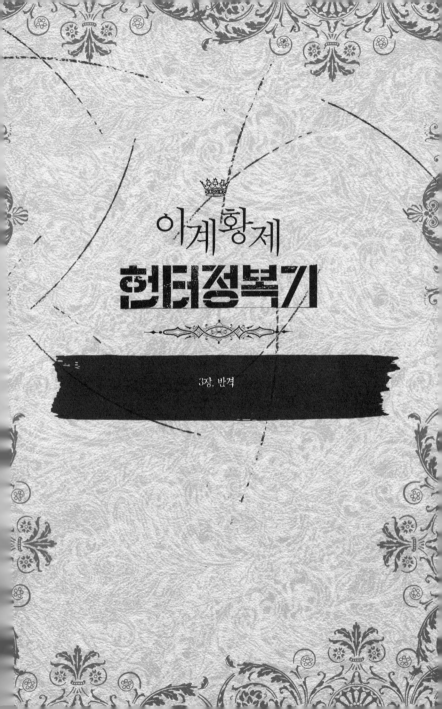

이계황제
헌터정복기

3장. 반격

3장. 반격

마나 유동이 일어난 곳은 바로 칼스타인이 고개를 숙이고 있던 그 자리였다.

어느새 몸 상태를 회복하였는지 굽혔던 허리를 펼친 칼스타인이 벨로스 소드를 빼어들고 엄청난 마나와 함께 검을 휘둘렀다.

다만, 검을 휘두르는 자세는 평소에 사용하던 혼원무한검법이나 다른 검법의 식과는 상당한 차이가 있었다. 검을 든 오른손을 왼쪽 어깨 쪽으로 올린 뒤 기이한 호선을 그리며 검을 회전시키기 시작했다.

그 회전은 한차례에 그치지 않았고 몸 전체가 검과

함께 회전을 하며 작은 회오리바람을 일으켰다.

처음의 회전에는 단지 마나만 일어났을 뿐 아무런 유의미한 타격을 주지 못하였는데 두 번째 회전부터는 그 회전에서 수백마리의 뱀과 같은 붉은 마나 줄기가 일어났고, 세 번째 회전에서는 그 마나 줄기 하나하나가 흑영의 헌터들을 노리며 날아갔다.

벨로스 소드에 담긴 광란무의 초현이었다.

파파파파파파파팍~!

"으아악!"

"크악!"

"아악!"

칼스타인의 회전은 백 명이 넘는 흑영의 헌터들이 쓰러진 뒤에 마무리 되었다.

물론 쓰러졌다고 해서 모두가 목숨을 잃은 것은 아니었지만, 적어도 절반 이상이 죽음을 당했고 살아남은 자 중에서 절반은 전투 불능 상태라 보아도 무방하였다.

물론 진기훈과 진영만은 마스터이니만큼 이 정도 광역기에 당하지는 않았다. 또한 발품을 팔아서 자신들 주위에 있는 수하들 중 일부의 목숨도 구하였는데 비율로 보아서는 20%도 채 되지 않은 적은 숫자일 뿐이었다.

"허… 허… 허…."

생각지도 못한 상황에 진기훈은 헛웃음을 짓다가 칼스타인을 향해서 어이없다는 듯이 물었다.

"너… 너는 [물어뜯는 독니]에 당하지 않았나? 아… 아무리 아티팩트를 사용했다 하더라도… 어떻게… 이런 공격을….

아티팩트의 기술은 내재마나를 사용해서 발현되기에 그 특유의 마나파장이 있었다. 그래서 능력자 개인의 기술을 사용하는 것과는 구분이 가능하였기에 진기훈 역시 조금 전 공격이 아티팩트의 기술임은 알아차릴 수 있었다.

하지만 아무리 내재마나를 사용한다 하더라도 조금 전의 공격은 영웅 등급의 아티팩트 혼자서 할 수 있는 공격은 아니었다.

마스터인 칼스타인의 마나가 없다면 도저히 나올 수 있는 수준의 공격이 아니었다. 만일 아티팩트 홀로 이런 공격을 펼칠 수 있다면 그것은 전설 등급의 아티팩트라 보아도 무방할 것이었다.

하지만 진기훈이 확인한, 그리고 지금도 보고 있는 칼스타인의 장검은 분명 영웅 등급의 아티팩트였다.

"그 정도 독쯤이야 얼마든지 해독이 가능하지. 네 놈들이 무슨 수작을 부리는 지 보려고 중독된 척하고 기다렸던 것뿐이야."

실제 [물어뜯는 독니]의 독이 체내로 침투하는 순간, 칼스타인은 재빨리 리하트식 마나운용법을 펼쳐 독의 기능을 막고 서서히 해독을 시작하였다.

다만, 꽤나 강력한 독이니만큼 순식간에 해독할 수는 없었는데, 칼스타인에게는 또 다른 해독 방법이 있었다. 바로 엘리니크에게서 받은 치료반지였다.

잘려나간 신체를 재생할 수 있는 강력한 치유력을 가진 반지에게 이 정도 해독은 식은 죽 먹기였고, 아무도 모르게 내부로 반지의 마법을 발현하여 해독을 마친 칼스타인은 중독된 척하며 상황을 보고 있었던 것이었다.

건재한 칼스타인을 보는 진기훈의 눈빛은 흔들리고 있었다.

'[물어뜯는 독니]까지 해독할 능력을 가지고 있다니… 또 다른 아티팩트가 있었던 것인가? 흐음… 수하들이 쓰러진 지금 저 놈이 수호대 놈들과 함께 덤벼든다면 우리로서도 꽤나 피해를 입을 수도 있겠는데?'

진기훈의 복잡한 생각을 읽었는지 칼스타인이 선수를 치며 말했다.

"머리 그만 굴리고 이제 한 번 붙어보자. 이곳에서 마스터라는 놈들의 무력이 궁금했거든. 뭐 굳이 일대 일로 싸울 필요는 없어. 저 뒤에 있는 네 놈의 아비도 한 번에 덤벼들어도 괜찮다."

칼스타인의 말에 진기훈은 뒤에 있는 진영만을 슬쩍 바라보았고, 그의 시선을 받은 진영만은 무거운 표정으로 고개를 끄덕인 뒤 훌쩍 뛰어서 진기훈의 옆에 섰다.

자신의 아버지까지 전투에 나선 것을 확인한 진기훈은 그제야 표정을 풀면서 입을 열었다.

"한 수를 보였다고 기고만장하고 있군. 듣자하니 이제 마스터가 된지 몇 달도 채 되지 않았다던데. 네가 두 명의 마스터를 상대할 수 있을 것 같으냐?"

"할 수 있으면 네 놈들이 죽고, 할 수 없다면 내가 죽겠지."

"젊어서 잃을 것이 없어 그런지 말도 거침없군. 연합회에서 무엇을 제공받고 이렇게 나섰는지 모르겠지만 우리 흑영은 연합회보다 더 많은 것을 네게 줄 수 있다. 우리와 손을 잡는 것이 어떠냐?"

하현우의 제보에는 연합회에서 마스터를 초빙했다는 것까지였지 무슨 대가로 마스터를 초빙할 수 있었는지에 대해서는 빠져 있었다.

그렇기 때문에 진기훈 역시 칼스타인이 무슨 대가로 연합회에 함께 하는지는 모르고 있었다.

"혓바닥이 긴 것을 보니 내가 두렵나 보군. 그런 제안은 그만 됐으니까 한 번 붙어보자고."

자신이 있었다면 당장 승부를 냈지 이렇게 중언부언 말을 할 리가 없었다. 그리고 칼스타인의 말처럼 진기훈은 칼스타인이 보인 무력에 그에 대한 경계심을 갖고 있었다.

하지만 칼스타인은 하나였고, 그들은 둘이었다. 행여 피해를 입을 것에 대한 우려는 있었지만, 그들이 패배하리라는 생각은 하지 않고 있었다.

"허. 진짜 한 번 해보자는 군. 좋다. 후회하지 마라. 아버지. 협상하기는 힘들 것 같습니다."

"그래. 그래 보이는 구나."

말을 마침과 동시에 그들은 각자의 무기를 빼어들었다. 아무 곳에도 없다가 갑자기 나타난 것으로 보아 그들의 무기는 귀속형 아티팩트임이 분명하였다.

그리고 귀속형 아티팩트라는 말은 각 아티팩트가 최소 영웅 등급 이상이라는 말이었다. 그 밑의 등급에서는 아티팩트는 귀속형으로 나오지 않았기 때문이었다.

아나나 다를까 그들의 무기에서 붉은 색의 마나가 새어나오는 것이 영웅 등급의 아티팩트임을 알려주고 있었다.

"괜찮으시겠습니까?"

임재호는 걱정스러운 목소리로 칼스타인에게 물었다. 칼스타인이 중독되어 쓰러진 줄 알았던 임재호는 칼스타인이 부활하여 백여 명의 능력자들을 쓸어버리자 마치 지옥에 있다가 구원받은 것과 같은 기분이 들었지만, 아직 상황은 완전히 해결된 것이 아니었다.

더군다나 애초에 계획은 한 번에 한 명의 마스터를 상대할 계획이었지 이렇게 한 번에 두 명의 마스터를 상대할 계획은 아니었다.

그간 수련을 하며 칼스타인의 강대한 무력을 보았지만, 다른 마스터의 무력을 보지 못해 비교할 대상이 없었던 임재호는 마스터라면 모두 그 정도의 무력을 가지는 줄 알고 있었다.

그렇기에 안심할 수는 없었고 지금의 상황이 걱정되는 것은 당연한 결과였다.

"괜찮습니다. 뭐 어차피 죽음을 각오하지 않았던가요? 일단 이번 전투가 끝날 때까지는 나서지 마세요."

"그래도 함께하면 조금이나마 도움이 되지 않겠습니까?"

"오히려 방해가 될 것 같군요."

방해가 될 것 같다는 말에 임재호는 더 이상 대꾸를 하지 못하고 물러섰다. 확실히 조금 전의 칼스타인이 한 공격만 보아도 그들의 참전은 방해가 되면 방해가 되었지 크게 도움을 주기는 힘들어 보였다.

벨로스 소드를 크게 한 번 휘둘러 전투 의사를 표명한 칼스타인은 순식간에 그 자리에서 사라진 뒤 진기훈의 앞에 나타나며 검을 휘둘렀다.

카앙!

진기훈 역시 마스터였다. 아무리 빠르다고 해도 기습 공격도 아닌 이 정도 공격을 허용할 수준은 아니었다. 그리고 상대는 진기훈 혼자가 아니었다.

파스슥!

진영만이 어느새 검기를 발현한 검으로 칼스타인의 옆구리를 노려갔다.

"흐읍!"

자신을 향해 날아오는 검격에 한번 숨을 들이마신 칼스타인은 그대로 좌측으로 회전하며 서너 번에 검격을 내질렀다.

챙챙챙채앵~

검격은 진기훈과 진영만을 가리지 않고 날아갔고 둘 다 방어 자세를 잡는 동안 칼스타인의 검격은 미끄러운 뱀과 같은 움직임을 보이며 진기훈의 사각으로 날아갔다.

"헙!"

파칭~~!

순간적으로 칼스타인의 검을 놓친 진기훈은 경호성을 내질렀는데 칼스타인의 검은 그의 목을 뚫지는 못하였다.

진기훈의 목을 뚫어내려는 순간 그의 목걸이에서 푸른 빛이 뿜어져 나오더니 마법 베리어가 펼쳐졌기 때문이었다.

그리고 기회 뒤에는 위기가 왔다. 그대로 진기훈을 잡아냈다면 모를까 베리어에 의해서 공격이 막혀 잠시 흐름이 끊긴 순간을 노리고 진영만에게서 커다란 마나유동이 발현되었다.

"하압!"

호왕출동의 일식이었다. 진영만은 타오르는 불기둥과 같은 검붉은 마나를 한껏 검에 머금은 채 칼스타인의 정수리를 향해 검을 떨쳐냈다.

배리어에 의해서 잠시 경직이 생기는 바람에 지금의 일격을 피할 수 있는 타이밍이 나오지 않았다. 결국 그대로 막는 수밖에 없었다.

콰아앙!

칼스타인이 들어올린 벨로스 소드가 진영만의 호왕출동과 격돌하며 폭탄이 터지는 것과 같은 소리가 났다.

공격은 이것으로 끝이 아니었다. 진영만의 공격을 막아내는 틈을 노려 이번에는 진기훈이 급속히 횡으로 회전하며 호왕선풍의 일격을 펼쳐낸 것이었다.

일종의 연환격인 호왕선풍의 식은 칼스타인의 옆구리를 노리며 들어왔는데, 이미 진영만과 검을 마주하고 있는 칼스타인은 호신막을 통해서 막아낼 수밖에 없었다.

파파파파팟!

진영만이 호왕출동에 이어 호왕일격의 식으로 큼지막한 공격은 연이어 넣는 동안 진기훈의 호왕선풍의 공격이 칼스타인의 호신막을 깍아내었다.

누가 보아도 칼스타인은 완전히 수세에 몰려 있었고, 승기는 진기훈과 진영만 부자에게 있었다.

칼스타인의 호신막이 호왕선풍의 식에 다 벗겨지고 드디어 칼스타인 본신에 공격이 닿으려는 순간 칼스타인의 크지 않은 기합성이 발하며 기이한 모습으로 몸을 움직였다.

"합!"

도저히 피할 수 없을 것 같은 공격이었지만 칼스타인의 몸은 마치 흔들리는 갈대처럼 진영만의 공격도 진기훈의 공격도 피해낸 뒤 전장에서 3미터 정도 떨어진 곳으로 몸을 옮겼다.

주변의 사람들은 칼스타인이 공격을 피하고 몸을 옮기는 동안 왜 둘이 아무런 반응을 하지 않았는지 궁금해 하였지만, 실상 그들은 반응을 하지 않은 것이 아니라 반응을 하지 못한 것이었다.

순간적으로 칼스타인이 전장에서 빠지며 전투가 잠시 소강상태에 들어갔다. 칼스타인 뿐만 아니라 진기훈과 진영만도 공격할 생각을 하지 않았기 때문이었다.

특히, 진영만은 어이없다는 표정으로 칼스타인을 향해 말했다.

"설마…. 이건… 초월의 영역?"

초월의 영역이라는 진영만의 말에 칼스타인은 고개를 끄덕이며 대답했다.

"이곳에서는 초월의 영역이라 부르는가? 부르는 말이 있는 것을 보니 이름이야 어쨌든 하이퍼 모드에 대해서 알고는 있다는 말이군."

"허… 마스터에 오른지 얼마 되지 않았다고 들었는데 벌써 초월의 영역에 들어갈 수 있다는 말인가? 그것도 자유자재로 영역에 들어갔다 나올 수 있다니…."

초월의 영역은 마스터 이상의 강자만이 사용할 수 있는 일종의 초집중 상태를 의미하는 말로, 집중력이 극에 달한 마스터의 정기신이 합일되는 경우에 발현되는 경지였다.

이 영역에 들어가면 시전자를 포함한 주변의 시간흐름이 극도로 느리게 느껴, 평소에는 인지할 수 없는, 그래서 피할 수 없었던 공격이나 움직임들도 모조리 잡아내고 피해낼 수 있게 되는 것이었다.

극도의 집중력을 통해 한계 이상으로 마나와 신체를 가동하다보니 몸에 걸리는 부하는 상상을 초월하였다.

하지만 그런 부하에도 초월의 영역은 진정한 마스터의 상징처럼 여겨졌는데, 그것은 같은 마스터라 하더라도 초월의 영역을 자유로이 쓸 수 있는 마스터와 그러지 못하는 마스터의 무력은 마나사용자와 일반인 간의 격차만큼이나 큰 격차를 가지고 있었기 때문이었다.

"그런 말을 하는 것을 보니 네 놈들은 아직 하이퍼 모드를 자유자재로 펼칠 정도는 아니라는 것이군. 흠. 그렇다면 생각보다 싱겁겠는데?"

칼스타인의 말에 진영만은 진기훈에게 눈짓을 주었다. 진기훈이 진영만의 앞을 가로막고 있는 사이 진영만은 내부를 관조하며 집중력을 끌어올려 정기신의 합일을 꾀하였다.

칼스타인처럼 순식간에 들어가지는 못하더라도 그 역시 초월의 영역에 발을 들인 마스터였다.

"굳이 경계할 것 없어. 그 정도는 충분히 기다려 줄

테니 말이야."

아직 진기훈은 자신의 의지로 초월의 영역에 들어갈 수는 없는지 이를 악물며 진영만의 호법 역할만을 하였다.

긴장한 표정으로 이를 악물고 있는 것은 만일 초월의 영역으로 들어선 칼스타인이 자신을 공격해 들어온다면 막아낼 자신이 없었기 때문이었다.

그 때였다. 긴장한 표정을 짓고 있던 진기훈은 손목에서 삐빅거리는 소리에 흘깃 손목의 장치를 살펴보더니 득의한 미소를 지으며 외쳤다.

"잠깐! 연합회의 수뇌부가 우리 손에 떨어졌다! 지금이라도 협상을 해보자!"

갑작스러운 진기훈의 말에 이번에는 수호대원들이 술렁이기 시작했다. 그 모습에 임재호는 진기훈이 지금의 상황을 벗어나려는 말이라 생각해서 서둘러 수호대원들에게 외쳤다.

"동요하지 마라! 긴급상황이었다면 수뇌부에서 먼저 연락이 왔을 것이다. 내겐 아직 아무런 연락이 없었다."

"크크. 우리가 그 정도 준비도 안했을 것 같나? 전자기 펄스 탄과 마나 펄스 탄으로 전자장비와 간단한 마나통신 장비는 무력화 시키고 시작했지. 못 믿겠다면 이걸 봐라."

진기훈은 손목의 장치를 작동시켜 자신의 눈앞에 홀로 그램을 띄웠다.

그 홀로그램에는 세 명의 노인이 결박된 채 무릎을 꿇고 있는 것이 보였고 주변에 경호하고 있던 요원들의 처참한 주검도 함께 보였다.

하현우의 제보를 통해서 한 번에 연합회의 뿌리를 뽑아버릴 생각으로 나선 흑영은 이런 준비까지 해놓고 있었던 것이었다.

"아빠!"

임재호의 말처럼 진기훈의 헛소리라고 생각했는데, 홀로그램 영상까지 보고나니 최선주는 평정심을 유지할 수 없었다.

어차피 일방향 영상이라 자신의 목소리가 닿지 않을 것이지만 그녀의 목소리는 저절로 최성호를 찾았다.

수호대원들의 동요가 느껴지자 홀로그램을 끈 진기훈은 비릿한 웃음을 지으며 임재호에게 말했다.

"흐흐. 탐지마법을 피하면서 침투하다보니 시간이 좀 걸렸군. 뭐 어쨌든 잡았으니 되었어. 이제 제3자인 이 친구를 물리고 제대로 된 협상을 해보는 것이 어떻겠나?"

"협상?"

"그래, 협상. 비록 저 친구에게 우리가 이렇게 몰리고는 있지만, 어차피 너희들도 저 친구를 계속 고용하지는 못할 것 아닌가? 그렇다면 충분히 협상할 여지가 있다고 생각이 드는데?"

"크윽⋯."

저들에게 약점이 잡힌 이상 임재호는 섣불리 말할 수는 없었다. 그렇다고 지금의 상황에서 저 둘을 잡지 못한다면 언제 다시 이런 기회가 올 수 있을지 알 수 없었다.

아니, 칼스타인이 없이 저들을 만난다면 수호대가 필패일 것이었다. 그렇게 생각한다면 칼스타인이 도와주는 지금이 처음이자 마지막 기회일 수도 있었다.

"뭐 네 놈들이랑 저 친구가 친분이 깊어 보이니 우리도 섣불리 행동하기는 힘들지 않겠어? 일단 지금의 자리만 물리고 천천히 다시 협상해보는 것이 어떻겠나?"

그럴 생각은 없었지만 일단 진기훈은 자신들이 이곳에서 물러난다 하더라도 연합회를 건들지 않겠다는 것을 강조하였다.

입 발린 소리까지 해서 협상에 나서려는 것은 그들에게는 지금 당장 이 자리에서 벗어나는 것이 중요하였기 때문이었다.

이 자리만 벗어난다면 그간 쌓았던 흑영의 인맥을 전부

다 동원해서 어떻게든 칼스타인을 처리하고 연합회를 먹어치울 생각이었다.

"그… 그럼 저… 저는….."

"아. 그렇지 네 놈도 있었지?"

"어억!"

진기훈의 말에 하현우가 당황해하며 그에게 묻자 진기훈은 재빨리 손을 써서 하현우를 제압한 뒤 임재호에게 던졌다.

풀썩~

"자. 여기 배신자 놈도 주겠네. 자네들이 처리하게나. 어쨌든 저 친구에게 말해서 우리가 순순히 이곳을 벗어날 수 있게 해준다면 연합회의 수뇌부도 바로 보내주지. 협상만 타결되면 일단 부회장 둘은 먼저 보내주고, 우리가 안전해 지는 상황에서 회장 최성호 역시 돌려보내 주겠네. 어떤가?"

진기훈의 제안에 임재호의 머릿속은 복잡해졌다. 사실 그에게는 협상을 주도할 권한 자체가 없었지만, 지금 상황에서는 어떻게든 그가 대답할 수밖에 없었다.

임재호가 망설이는 동안, 그들의 모습을 보고 있던 칼스타인이 셀리나에게 심어를 보냈다.

[지금 별 다른 일 없지?]

[네? 아. 네. 어머니도 주무시고 있어서 다른 일은 없어요. 왜요?]

[잘 됐군. 일단 내 쪽으로 소환할 테니 지금 내가 생각하고 있는 지점으로 빨리 이동해서 세 사람을 구해. 아. 외모나 마나파장은 뇌전마녀라 불리던 때로 하는 것이 좋겠군.]

[아리아나의 축복]을 받지 못한 상황에서 최소한 최성호의 안전은 확보하여야 했다.

물론 벨로스 소드처럼 최선주가 그것을 가져다 줄 수도 있겠지만, 아직 확실하지 않은 상황에서 최성호의 신병을 확보하는 것은 그 무엇보다 중요하였다.

그래서 칼스타인은 웬만하면 노출하려 하지 않았던 셀리나까지 사용해서 최성호를 구하려는 것이었다.

다만, 셀리나의 평소 모습이 아닌 뇌전마녀의 모습을 사용해서 평소 모습의 노출은 최대한 숨기고자 하였다.

일단 소환수의 소환 해제는 어디서나 가능하지만 소환은 시전자의 마나가 닿는 곳에서 가능하였다. 즉, 지금 셀리나를 소환하면 모두의 시선을 끌 가능성이 높았다.

그것을 알기에 일단 셀리나를 소환 해제한 칼스타인은 순간적으로 마나 폭발을 일으키며 동시에 셀리나를 소환하였다.

퍼엉~!

갑작스러운 칼스타인의 행동에 모두의 시선이 칼스타인에게 집중이 되었고, 한참 임재호에게 협상에 대한 이야기를 늘어놓던 진기훈은 깜짝 놀라 칼스타인에게 외쳤다.

"헛! 무슨 짓이냐?"

"별거 아니고, 언제까지 질질 끌 건지 궁금해서 말이야. 어떤 쪽이든 빨리빨리 결정해주면 좋겠는데?"

"크윽…."

마스터가 된 이후, 아니 흑영의 후계자가 된 이후로 이런 굴욕은 처음 당해보는 것이었다. 하지만 강자존의 세상에서 진기훈은 힘을 가진 칼스타인에게 섣불리 대거리를 하지는 못하였다.

대거리는커녕 조금 전 그를 살해하려고까지 하였는데 칼스타인이 지금의 협상에 별다른 말을 하지 않음에 내심 안도의 한숨을 쉬고 있는 중이었다.

어쨌든 방금의 마나폭발로 인해 장중 누구도 셀리나의 소환을 알아채지는 못하였다. 그리고 얼마 지나지 않아서 셀리나의 심어가 들려왔다.

[오빠. 다 구출했어요.]

[잘했어. 그럼 이리로 데려와. 그들에게는 다른 말은

하지 말고 그냥 내 동료라고만 하면 돼.]

　일단 그녀가 소환수임을 알릴 생각은 없었다. 뇌전마
녀 형태의 셀리나는 신비주의를 표방하는 동료 정도로
알릴 계획이었다.

　"시간이 많지 않아! 어서 빨리 선택해라! 십분 안에 선
택하지 않으면 일단 부회장 중의 한 명을 해치우겠다!"

　칼스타인이 최성호를 살리려는 것에 대해서 알지 못하
는 진기훈은 그가 언제까지 잠자코 있을지 모르기에 마
음이 급했다.

　그래서 부회장의 목숨을 걸고 임재호를 압박하기 시작
했는데 그 압박이 먹혔는지 임재호는 초조해 하면서 최
선주에게 물었다.

　"선주야. 어떻게 해야 할까?"

　하지만 최선주 역시 선뜻 대답하지 못했다. 아버지의
목숨이 무엇보다 중요하지만, 여기서 이들을 놓치고 나
면 다시는 이런 기회를 잡기는 힘들 것 같아서였다.

　단지 기회만을 놓치는 것이라면 모를까 이들을 놓친
다면 반드시 보복이 들어올 것이었고, 그렇게 되면 다
시 자신들과 아버지의 목숨을 보장할 수 없는 상황이 될
것이기 때문에 그녀 역시 어느 쪽을 선택하기는 힘들었
다.

그 순간 전장의 한 쪽에서 한 대의 차량이 전장으로 다가왔다. 예상하지 못한 차량에 모두의 시선이 그 차량에게 쏠렸다.

일단 전장을 둘러싸고 있는 무리는 수호대였기에 수호대의 대원 중 한 명이 그 차량을 세워 안을 확인하였는데, 깜짝 놀란 대원의 외침이 차량 안에 누가 있는지 모두가 알게 하였다.

"회장님! 부회장님! 무사하셨군요!"

수호대원의 목소리에 진기훈은 깜짝 놀라며 저도 모르게 그 사실을 부인하였다.

"거짓말 마라!"

대답을 바라고 한 말은 아니었지만, 차량에서 내린 최성호가 그 말에 대답하였다.

"거짓말이라니. 진기훈. 다행히 이 분의 도움으로 살아날 수 있었지."

최성호의 말에 이번에는 모두 셀리나를 바라보았는데, 몇몇 수호대원들은 너무도 아름다운 그녀의 모습에 멍하니 그녀를 바라보고 있을 정도였다.

지금 셀리나의 외모는 평소의 청순한 모습과는 달리 과거 뇌전마녀로서 활동할 때의 육감적인 섹시한 스타일로 화려한 외양을 하고 있어 많은 사람들의 시선을 이끌만

하였다.

그 중 진기훈은 차에서 내린 셀리나의 정체를 알아차렸는지 말까지 더듬으며 손가락질을 하였다.

"너… 너는!"

"호오. 넌 내가 누군지 알아보는 가보네."

"뇌전마녀! 네가 어떻게 여기에…."

5대 길드인만큼 흑영에서도 뇌전마녀의 정체를 수소문하였고, 당연히 셀리나의 얼굴은 파악하고 있었다.

갑작스러운 등장에 순간 누군가 했었는데 그녀의 얼굴을 보자 곧장 뇌전마녀를 떠올릴 수 있었다.

"어떻게는 무슨 어떻게. 우리 오빠를 도와주러 왔지."

"그럴 수가…."

이제 전세가 완전히 역전되었다.

애초에 칼스타인 혼자만 하더라도 자신들이 상대하기 힘들었는데, 비슷한 수준의 마스터가 하나 더 나타났다는 것은 그들에서 승산이 사라졌다는 말과 일맥상통하였다.

그들의 절망한 표정을 보던 칼스타인이 진기훈에게 말했다.

"저 녀석은 회장을 구하기 위해 부른 거니 너희들은 신경쓰지 말고 나와의 대결에만 집중해도 돼."

칼스타인의 말에 진기훈과 진영만은 일말의 희망을 가졌다. 아무리 초월의 영역을 자유자재로 드나드는 칼스타인이었지만 둘이 제대로 된 합공을 한다면 승산이 아예 없는 것은 아니었다.

그리고 칼스타인만 처리한다면 다시 이대 일의 승기를 가져 갈 수 있을 테니 완전히 절망적인 상황은 아니라고 할 수 있었다.

물론 모든 상황은 칼스타인을 이기는 것을 전제로 하고 있어, 칼스타인에게 패배한다면 다음의 상황은 신경 쓸 것도 없었다.

모든 것이 세 명의 전투로서 귀결 될 것이라 생각하자 전장에 있는 모든 인물들의 시선은 칼스타인과 진기훈, 진영만을 향했다.

사방이 조용해 졌다고 느껴진 순간 진영만이 귀신과 같은 움직임으로 칼스타인을 향해서 짓쳐 들어갔다.

주변의 인물들 모두 일정 수준 이상의 능력자였지만 이 진영만의 움직임을 제대로 알아차린 사람은 거의 없었다.

초월의 영역에서의 움직임이었기 때문이었다.

파앗!

채앵~ 챙챙챙챙~!

진영만의 날카로운 검격은 칼스타인의 검에 막혔는데, 진영만의 공격은 거기서 그치지 않았다.

그 역시 이번 기회가 마지막인 것을 알고 있는지 전력을 다하고 있었고 한 수 한 수가 혼신의 힘을 다한 일격이었다.

'아버지께서 초월의 영역에 들어가셨지만 오래 버티시기는 힘들 거야….'

마나는 충분할지 몰라도 아무래도 나이가 있기에 초월의 영역에서 활동할 수 있는 신체나 집중력은 젊은 시절에 비해서 떨어진다 할 수 있었다.

초월의 영역에 들어오기 위해서 필요한 집중의 시간이 날이 갈수록 길어지고 있다는 것이 단적인 증거였다.

어쨌든 초월의 영역에 들어가지 못한 진기훈은 둘 간의 전투를 바라만 볼 뿐이었는데, 그 역시 지금이 인생 최대 위기 상황인 것을 알고 있기에 전례 없는 집중력으로 둘의 일거수 일투족을 잡아내고 있었다.

그러던 중 진기훈은 지금까지는 간간히 놓치던 둘의 움직임이 모두 눈에 들어왔고, 주변의 움직임 또한 느려진 것을 깨달을 수 있었다.

'초월의 영역!'

진기훈은 자신이 초월의 영역에 든 것을 알아차렸다.

그것은 이 경험이 처음은 아니었기 때문이었다.

과거 S급 몬스터를 잡던 중 한 번 초월의 영역을 경험해 보았기에 이 상태가 익숙하지는 않았지만 활용하지 못할 정도는 아니었다.

"하압!"

지금까지 지켜만 보던 진기훈이 드디어 전투에 나섰다. 진기훈을 흘낏 바라본 칼스타인은 그의 움직임을 보고 그 역시 초월의 영역에 든 것을 알아차렸다.

'재미있군.'

진영만 하나로는 부족하였다. 오랜만에 하이퍼 모드에서의 싸움이었지만 그의 전투 갈증을 완전히 해소시켜주기에는 부족했는데, 진기훈까지 참전하며 드디어 칼스타인의 입가에는 미소가 지어졌다.

파칭!

챙채채앵~!

퍼버벅!

지금 주변사람들은 이 전투를 제대로 파악하지 못하고 있었다. 그나마 칼스타인과 진영만, 둘 간의 전투일 때는 놓치는 부분이 있었지만 전투의 흐름 정도는 볼 수 있었는데, 진기훈까지 전투에 합류한 다음부터는 전투의 흐름조차 파악할 수 없었다.

A급, B급 헌터들조차 눈으로도 따라가지 못할 정도로 초고속 세계에서 전투가 벌어지고 있는 것이었다.

한창 검격을 주고받던 칼스타인은 왼쪽에서 들어오는 진영만의 검을 흘려낸 칼스타인은 흘려낸 방향 그대로 회전하며 진기훈의 복부를 걷어찼다.

"커억!"

복부를 맞은 진기훈은 튕겨나가며 잠시 전장에서 떨어졌는데 바로 다시 달려드는 대신에 잠시간 집중하며 마나를 끌어올리더니 한줄기 기합성과 함께 검을 뻗어냈다.

"차앗!"

그의 기합과 함께 진기훈의 검에서는 붉은 색 마나 두 줄기가 뿜어져 나왔는데, 그 모양이 마치 머리가 두 개 달린 뱀과도 같았다.

바로 그의 아티팩트가 가진 내재기술이자 그의 필살기라고도 할 수 있는 [쌍두사]의 일격이었다.

[쌍두사]의 공격은 쏘아낸 화살과도 같았지만 칼스타인은 손쉽게 피해내며 진영만의 공격을 받아내었다.

하지만 두 개의 뱀 머리는 피하는 것으로 파훼할 수는 없었다.

왜냐하면 두 머리가 마치 살아있는 뱀처럼 꺾이며 다시 칼스타인을 노리고 달려들었기 때문이었다.

'흠. 유도 형식인가보군.'

그러나 이 정도로는 산전수전을 다 겪은 칼스타인을 놀라게 할 수는 없었다.

진영만의 검을 튕겨 낸 칼스타인을 순간적으로 마나를 돋워 한 번에 두 마리 뱀 머리를 동시에 때려 [쌍두사]를 파훼하였다. 그 순간!

콰아아앙!

[쌍두사]의 마나는 엄청난 폭발음을 내며 터져버렸다. 폭탄이 터진 듯한 전장은 짙은 먼지구름까지 생겨 잠시 간 시야마저 가려졌다.

다만, 진기훈과 진영만의 모습은 보였는데, 그것은 진영만이 이미 이 [쌍두사]의 특징을 잘 알고 있었기에 순간적으로 뒤로 피해 폭발의 중심에서 멀어져 있었기 때문이었다.

즉, 이 폭발에 피해를 입은 것은 칼스타인 뿐이었다.

"헉!"

"이런!"

"이 헌터님!"

갑작스러운 상황에 주변의 수호대원들은 경악한 표정을 지었고, 남이 있던 흑영의 헌터들은 긴가민가하는 표정으로 전장을 바라보았다.

그 중 진기훈과 진영만의 표정은 묘했다. 그것은 먼지 구름 속의 칼스타인의 기척이 느껴지지 않았기 때문이었다.

기감만을 따지만 조금 전 공격으로 칼스타인이 죽은 것만 같았다.

다만, 지금껏 칼스타인이 보여준 능력으로 보아 큰 타격을 입었을지는 몰라도 죽음에 이르지는 않았을 것 같다는 생각이 들었다.

그러나 조금의 시간이 지났지만 여전히 칼스타인의 기감이 느껴지지 않자 진기훈의 머릿속에는 혹시라는 생각이 들었다.

만일 무방비 상태에서 조금 전의 폭발을 맞았다면 자신이라고 해도 죽음을 면치 못할 것이라는 생각이 들었기에 진기훈의 머리 한구석에는 칼스타인이 죽지 않았을까라는 생각이 들었다. 그 때!

쉭~!

바람 가르는 소리와 함께 진기훈의 목에는 붉은 선이 그어졌다. 목이 뜨거워진 진기훈은 가만히 목에 손을 올렸는데 그의 목에서는 한 줄기 핏물이 새어나오기 시작했다.

"어…."

제대로 된 유언도 남기지 못한 진기훈의 머리가 목을 미끌어지듯이 흐르다가 바닥으로 떨어졌다.

툭.

"기훈아!"

아들의 죽음에 진영만은 떨어진 진기훈의 목을 부여잡고 절규를 하였다. 그 절규 뒤로 칼스타인의 목소리가 들렸다.

"슬슬 끝낼 때가 되었지?"

어조의 변화가 없이 말하고 있지만 조금 전 [쌍두사]의 폭발은 그로서도 꽤나 놀라운 공격이었다.

영웅 등급 아티팩트에 담긴 내재마나 모두와 진기훈의 전력까지 다 포함한 쌍두사의 폭발에 직격 당했다면 아무리 칼스타인이지만 큰 상처를 입었을 것이었다.

직격 당했다면 말이다.

비록 예상하지 못했던 상황이었지만 이미 초월의 영역에 있었던 칼스타인은 신속하게 혼원무한검법의 흡자결(吸字結)을 시전하여 폭발의 파괴력을 바닥으로 이끌었던 것이었다.

만일 2단계의 하이퍼 모드에 있었다면 흡자결에 이은 반자결로 반격까지 하였을 것이지만, 아직 그 단계에는 이르지 못했기에 반격까지는 하지 못하고 공격을 다른 곳으로 유도하는 것에 그쳤다.

결과적으로는 바닥으로 유도한 공격에 생겨난 먼지폭풍에 잠시 시야를 놓친 진기훈을 일격에 잡았으니 반격을 한 것과 같은 효과가 났다고 해도 과언은 아니었다.

절규를 마친 진영만의 눈가는 붉게 달아올라 있었다. 아들을 잃은 진영만의 분노가 극에 달한 것이었다. 그리고 이 분노가 향하는 곳은 명백하였다.

"크아아악! 죽여 버리겠다!"

검붉은 검기를 줄기줄기 뿜어내는 진영만은 어느새 가라앉은 먼지 사이로 보이는 칼스타인에게 달려들었다.

쾅쾅쾅쾅!

엄청난 마나를 주입한 진영만의 검이 칼스타인의 검과 부딪칠 때마다 폭음과도 같은 소리가 터져 나왔다.

'무리하는 군. 뭐 무리하는 것이 당연 하겠지만.'

분노에 몸을 맡겨 일수 일수가 거력(巨力)을 가진 진영만의 공격이었지만 칼스타인이 막아내는 데는 지장이 없었다. 오히려 능력에 비해서 과한 공격에 빈틈이 많아져서 공격하기가 더 수월하였다.

지금도 방어에 이은 왼쪽 옆구리 공격에 진영만은 제대로 대응하지 못하고 일격을 허용하고 말았다.

"크아아악!"

진영만의 분노는 극에 달했지만, 그 분노가 해소되지 않아 최고조로 이른 분노에 눈의 실핏줄까지 터졌다.

그런 그의 의지를 보여주듯 진영만은 목숨을 도외시하고 진원지기라 할 수 있는 근원 마나까지 뽑아내었다.

하지만 진영만의 모습을 보는 칼스타인의 눈은 냉정하게 가라앉아 있었다.

'재미없군.'

조금 전까지만 하더라도 그래도 오래 수련한 검사의 검로(劍路)를 느낄 수 있어, 긴장감은 없었지만 그래도 재미있는 전투였었다.

하지만 지금은 진원까지 털어 넣어 흉험한 검기를 뿜어내고 있었지만, 검로의 정교함은 다 사라져 있어 단순한 칼질에 불과한 상황이었다.

자신의 공격이 먹히지 않는다는 것을 깨달은 진영만은 승부수를 던졌다.

"하압!"

자신의 전 마나와 아티팩트에 담긴 내재마나를 강제로 동원하여 호왕도의 최후의 초식 호왕파천을 펼쳐낸 것이었다.

마스터가 낼 수 있는 한계를 넘어선 것과도 같은 거력

이었지만 이미 초식의 정교함을 잃은 공격에 칼스타인은 전혀 흥미를 느낄 수 없었다.

굳이 이런 공격은 맞받을 필요가 없었기에 흘려내듯이 호왕파천의 검세를 피해낸 칼스타인은 미끌어지듯 진영만의 심장에 검을 쑤셔 넣었다가 뽑아냈다.

"커헉… 네… 네가…."

진기훈과 마찬가지로 진영만 역시 제대로 된 유언도 없이 바닥에 털썩 쓰러지는 것으로 생을 마감하였다.

진영만까지 쓰러지고 나자 조용하던 주변에서 환호성이 터져 나왔다.

"와!"

"이야! 역시 대단하십니다!"

"이 헌터님 최곱니다!"

이 환호에 동참하지 못하는 자는 십여명의 흑영 측 헌터와 전투에서 이탈한 3조 조원들, 그리고 하현우였다.

다른 사람들도 그랬지만 특히 하현우는 몸이 제압당해서 바닥에 쓰러진 채 망연자실한 표정을 짓고 있었다.

"어… 어떻게…."

하현우의 말을 들은 임재호는 씁쓸한 얼굴로 그에게 말했다.

"나도 일이 이렇게 될 줄은 몰랐다. 지금 이 상황도, 그전 상황도 말이야. 오늘은 모두 예상을 벗어나는 일들만 벌어지는구나. 그 중에서도 가장 충격적인 것은 네 배신이겠지."

"그… 그건…."

더듬거리면서 당황하는 하현우의 말에 아랑곳 않고 임재호는 말을 이었다.

"차별을 당했다는 네 말을 부인하지는 못하겠구나. 하지만, 그 결과가 배신이라는 것은 용납할 수 없는 일이겠지."

담담한 임재호의 말에 하현우는 더 이상 말을 하지 못했다. 어차피 지금 상황에서 무슨 말을 하던 구차해 질뿐이었다.

"이탈한 3조에 대해서는 아무런 불이익이 없을 것이다. 물론 앞으로 수호대로서 같이하긴 힘들겠지. 아마 연합회의 가드 역할을 하게 되겠지."

"…나를 어떻게 할 생각이오?"

"배신자의 말로가 어떻게 되는지는 보여야 하지 않겠나?"

"…그렇군."

그제야 자신의 죽음을 받아들인 하현우는 옆에서 둘의

대화를 듣고 있던 최선주를 잠깐 바라보았다. 하현우를 바라보는 최선주의 눈에는 복잡한 감정들이 뒤섞여 있었다.

그런 그녀를 보면서 하현우는 한 마디 말을 하였다.

"…미안하다는 말은 하지 않겠다. 그 일이 계기가 되긴 하였지만, 언젠가는 터질 일이었으니 말이야."

"…뻔뻔하네요. 그래도 우리 연합회가 아니었으면 힘겨운 삶을 살았지 않겠어요?"

"하하하. 연합회가 아니었으면 평범한 헌터의 삶을 살았을 지도 모르지. 네가 알다시피 나 역시 재능은 있단다. 뭐, 그래서 연합회에서 날 뽑았겠지만."

하현우의 말에 최선주는 대답을 하지 못하였다. 그의 말이 맞을지도 몰랐기 때문이었다.

어쩌면 연합회에서는 평범한 헌터가 될 수 있는 3조의 대원들을 반강제로 극한의 상황에서 수련만 하도록 했을지도 몰랐다.

최선주가 아무 말없이 있자 하현우는 쓴 웃음을 지으며 말했다.

"어쩌면… 내가 널 좋아한 것 자체가 문제였을지도… 재호형. 깔끔하게 끝내주시오."

"그래. 좋은 형제와 같은 관계가 되길 바랬는데… 네가 이렇게 된 것에는 내 잘못도 크다."

"아니오. 내 광기와 욕심이 만든 결과겠지. 이제 그만 보내주시오."

죽음을 각오하며 눈을 감고 있는 하현우의 표정은 더할 나위 없이 편안해 보였다. 그런 하현우의 얼굴을 잠시 바라보던 임재호는 슬쩍 검이 든 손을 움직였다.

쉭~!

임재호의 검은 아무런 방어조치도 하지 않은 하현우의 목을 부드럽게 스쳐 지나갔다.

툭!

그리고 하현우의 목은 매끄러운 단면으로 몸과 분리되어 떨어져 나갔다. 3조장 하현우의 죽음이었다.

그의 죽음을 바라보는 3조원들의 표정은 복잡해 보였다. 배신을 하긴 하였지만 그래도 끝까지 자신들에 대한 생각을 놓지 않았던 하현우였기에, 3조의 대원들은 그의 죽음을 개운하게 받아들일 수는 없었다.

"자자. 이제 내 역할은 끝난 것 같은데. 어떻습니까? 최회장님."

상황이 어느 정도 정리된 것으로 보이자 칼스타인은 마지막 대가이자, 가장 중요한 대가인 [아리아나의 축복]을 받기 위해서 최성호에게 말을 건넸다.

칼스타인의 말을 들은 최성호는 먼저 감사의 인사부터

하였다.

"일단 구해줘서 고맙다는 말부터 하고 싶구만."

최성호의 말에 칼스타인은 자신은 관계 없다는 식으로 어깨를 으쓱 올리며 말했다.

"뭐 제가 구한 것은 아니지요."

"어쨌든 자네의 친구이지 않는가. 그녀에게 직접 말하고 싶지만 벌써 사라져 버렸으니 자네가 말 좀 전해주게나. 역시 그녀와 친분이 있었군….'

상황이 정리되자 칼스타인은 셀리나를 서울의 집으로 돌려보냈기 때문에 최성호는 셀리나에게 제대로 된 감사의 인사를 할 수 조차 없었다.

그런데 인사를 떠나서 역시라는 최성호의 말에 칼스타인은 궁금한 생각이 들었다.

"그러지요. 그런데 역시라니 무슨 말인가요?"

"아. 자네와 뇌전마녀, 아 이렇게 불러도 되겠는가?"

마녀라는 이름을 좋아할 거 같지 않아 잠시 멈칫한 최성호였지만 칼스타인이 고개를 끄덕이자 곧장 말을 이었다.

"여튼 우리는 자네가 뇌전마녀와 친분이 있지 않을까 하고 생각하고 있었다네. 그래서 만일 자네가 혹시 흑영과의 전투에서 위기 상황이 되면 그녀 역시 나서지 않을까

하는 추정을 하였었지. 결과적으로는 자네의 위기가 아니라 우리의 위기에 그녀가 나섰지만 말이야."

뜻밖이라 할 수 있는 최성호의 말에 칼스타인은 의아한 표정을 지었다. 아직 셀리나와 자신의 관계를 외부로 드러낸 적이 없었는데 그가 알고 있는 것이 궁금했기 때문이었다.

"어떻게 제가 그녀와 친분이 있는 것을 알게 되신 거죠?"

"저번에 자네에게 말했다시피 우리가 자네에게 이 일에 대해서 의뢰를 하기 전 자네에 대한 상당한 조사를 하였다네, 그 중 자네가 의뢰한 정보 중 일부를 보고 그런 가정을 하게 되었다네."

칼스타인이 성호상회에 의뢰한 정보는 꽤나 많았다. 몬스터 홀에 대한 정보부터, 몬스터의 처리나 쓰임새에 대한 정보, S급 몬스터에 대한 정보 등등 지금까지 상당한 정보에 대해서 의뢰를 하였었다.

하지만 이 중 뇌전 마녀가 관련된 정보는 하나뿐이었다.

"다크클랜에 대한 정보로 그런 추정을 하셨군요."

바로 칼스타인이 셀리나에게 다크클랜을 처리하여 영혼포인트를 모으도록 한 것이었다.

"그렇다네. 뇌전마녀가 공식적으로 드러난 것이 바로 다크클랜과의 전투였지. 그것을 제외하고는 아무런 정보가 없었어. 그리고 자네가 정보를 요구한 클랜들이 그녀의 타겟이었고."

"흐음… 그녀가 처리한 클랜이 이십여 곳에 달하고, 제가 의뢰한 다크클랜의 정보는 고작 세 군데였는데 연관성이 보이던가요?"

칼스타인의 말처럼 그는 수 많은 다크클랜 중 고작 세 곳의 정보밖에 의뢰하지 않았다. 하지만 이어지는 최성호의 말에 칼스타인 역시 고개를 끄덕였다.

"그렇지 세 곳이었지. 그리고 뇌전마녀는 정확히 열여덟 곳의 다크클랜을 처리했고. 하지만 그 열여덟 곳은 모두 자네가 조사한 세 곳과 관련이 있는 곳이었네. 아. 물론 그 연관성은 우리 연합회가 아니면 알아내기 힘들었을 것이네. 블랙머천트를 끼고 거래하는 중에 알려진 것이니 말일세."

연합회에서는 조사 끝에 칼스타인과 뇌전마녀 사이의 연관성은 찾았지만 그녀가 칼스타인의 소환수인 것까지는 알아차리지 못하였다.

최성호의 말에서 자신이 놓친 것은 없었음을 알아차린 칼스타인은 가벼운 칭찬의 말을 던졌다.

"그렇군요. 그 정도로 찾아내다니 연합회의 역량을 칭찬해드려야겠네요. 아, 그럼 처음 의뢰를 할 때 저에 대한 신뢰도 뇌전마녀가 함께 할 수 있는 것이 어느 정도 영향을 미쳤겠군요?"

"그렇긴 하지. 아, 자네를 믿지 못한 것은 아니었네. 다만, 또 한 명의 마스터가 함께 할 수 있다는 점이 더 큰 믿음을 준 것이었지."

그제야 최성호의 과한 믿음이 이해가 가는 칼스타인이었다. 마스터가 된 지 얼마 되지 않은 자신에게 하는 의뢰치고는 과한 믿음을 보인다는 생각이 들었는데 뇌전마녀가 함께 한다고 생각했다면 그런 태도가 어느 정도는 이해가 갔기 때문이었다.

"어쨌든 이제 정산하시지요. 오늘 한 명만 상대하려 하였는데, 두 명을 한 번에 처리해버렸으니 굳이 기다릴 필요가 없지 않겠습니까?"

최초의 계약은 흑영의 몰락이었지만, 두 명의 마스터가 죽고 정예 헌터의 대부분도 사망한 지금 흑영의 몰락은 기정사실이라 할 수 있었다.

즉, 최성호가 [아리아나의 축복]을 칼스타인에게 주지 않을 이유가 없었다. 그 역시 그런 상황을 알기에 고개를 끄덕이며 말했다.

"자네 말이 맞네. 물건은 성호상회 신촌지점의 비밀창고에 있으니 그리로 같이 가시게나."

"좋습니다. 아. 그리고 이 S급 몬스터홀 말인데요."

흑영을 유인하기 위해서 구했던 S급 몬스터홀은 아직 유효하였다. 지금 칼스타인은 그 몬스터홀을 이야기 하고 있었다.

"S급 몬스터홀? 아 저거 말이군. 저게 왜?"

"이왕 이렇게 된 거 저건 저 주시죠. 어차피 연합회에서는 처리할 수 있는 헌터도 없을 거 아닙니까? 사실 오늘 마스터를 처리하고 나면 전리품을 얻을 수 있을까 했더니 다 귀속형 아티팩트라 허탕이었네요. 그래서 저 홀이라도 처리해야겠다는 생각이 들어서요."

진영만과 진기훈의 무기와 갑옷은 모두 다 귀속형 아티팩트였다. 귀속형이다보니 둘의 죽음과 함께 아티팩트는 사라지고 말았다.

무슨 이유인지 둘은 검과 갑옷 말고는 다른 아티팩트를 착용하지도 않아 전리품이라 할 만한 것은 하나도 없었다.

연합회 측에서 받은 [벨로스 소드]와 [아리아나의 축복]이면 충분한 대가가 되기는 하지만 이왕 나선 거 어느 정도의 전리품을 생각했던 칼스타인의 입장에서는 다소 아쉬운 대목이었다.

그런 의미에서 칼스타인은 저 S급 몬스터 홀을 요구한 것이었다.

"그렇게 하게나.

사실 연합회에서 직접 처리할 수는 없으나 매각을 하면 최소 일이십억은 받을 수 있는 홀이었다.

하지만 칼스타인이 해준 일이 워낙에 컸기에 최성호는 두 말하지 않고 대답했다. 그리고 최성호의 말은 이것이 끝이 아니었다.

"마스터들의 무구야 귀속형이라 날아갔지만, 오늘 흑영의 헌터들은 최소 한 두 개의 희귀나 고급 등급의 아티팩트로 무장하고 있었으니 그것들을 모두 자네의 개인 창고에 넣어두겠네. 현금화를 원한다면 우리가 판매 대행을 해주지."

원래라면 마스터를 제외하고 흑영의 다른 헌터들은 수호대의 몫이었겠지만, 실상은 광란무를 사용한 칼스타인이 모두 잡아 낸 것이나 마찬가지였다.

십여명의 헌터들이 살아남긴 하였지만, 그들 역시 칼스타인의 공격에 전의를 상실하였기에 그가 잡았다고 해도 과언은 아니었다.

물론 연합회 측에서 전리품의 지분 일부를 주장하자면

못할 것도 없었으나, 오늘 칼스타인의 무력을 제대로 확인한 최성호는 어떻게든 칼스타인과 우호적인 관계를 유지하고 싶어 했기에 지분 따위를 요구할 생각은 전혀 없었다.

할 수만 있다면 연합회 수호대의 대주로 삼고 싶지만, 오늘 보여준 그의 무력을 보았을 때 고작 수호대 대주 정도로 그를 잡아 둘 수 없다는 것은 그 역시 잘 알고 있었다.

그렇기에 그가 원하는 것을 들어주며 소소한 빚을 쌓아두려고 하는 것이었다.

"아. 그렇군요. 그것을 생각 못했네. 허… 그걸 판다면 이제 돈 걱정은… 아, 그렇다면 저 홀은 제가 대금을 지급하는 것으로 하지요."

백여명이 넘는 헌터들에게서 고급과 희귀 등급의 아티팩트 이백여점이 나왔다. 그걸 현금화시키면 어쩌면 조 단위에 달하는 현금을 쥘 수 있을지도 몰랐다.

앞으로 돈을 걱정할 일은 없다는 의미였다.

"뭐 그럴 필요는 없네, 자네가 알아서 처리해 주게나. 필요하다면 자네가 원하는 장비의 대여도 해주겠네."

"장비대여는 되었구요. 정보를 요청하면 조사나 부탁드립니다. 아, 물론 값은 치르지요."

"아닐세, 자네가 해준 일이 있으니 정보 요구 정도는 그냥 우리가 알아서 처리하겠네."

"그러시다면야… 어쨌든 어서 [아리아나의 축복]이나 가지러 가시지요."

"알겠네. 잠시만 기다려 주게나. 그래도 사후 정리는 해야 할 테니 말이야."

"네, 알겠습니다."

칼스타인에게 잠시 양해를 구한 최성호는 임재호와 최선주, 그리고 두 명의 부회장과 함께 잠시 간이 회의를 가졌다.

따로 결계를 펼치지는 않았기에 다소 떨어진 칼스타인의 귀에도 그들의 회의 내용이 다 들려왔다.

"…너희들은 바로 흑영의 본부를 점거하도록 해라. 뒷일은 내가 처리할 테지만, 최대한 조용히 점거해서 외부에서 개입할 여지를 줄이도록."

흑영의 주력이 괴멸하였기에 최성호는 굳이 서울에 있는 흑영 본부를 두고 볼 생각이 없었다.

임재호를 비롯한 다른 사람들도 최성호의 말에 동의를 하는 지 고개를 끄덕였는데, 최선주만이 한 가지 이의를 제기했다.

"어차피 흑영은 무너졌는데 차라리 천천히 그들의

영역을 잠식해가면서 조직을 유명무실하게 만드는 것이 낫지 않을까요? 너무 성급히 처리하다가 다른 조직에서 연합회에 반감을 가지지 않을까요?"

"그 생각을 해보지 않은 것은 아니다. 하지만 지금은 기호지세다. 당장은 조금 시끄러울지는 몰라도 흑영 본부에서 외부의 조력을 구하기 전에 싹을 도려내는 것이 더 큰 피해를 줄일 수 있는 방법이야."

임재호 역시 최성호의 말에 한 마디를 덧붙였다.

"회장님 말이 맞아. 지금 이 헌터님이 우리 일을 도와주어서 배…신에도 불구하고 우리가 흑영을 잡아 낼 수 있었어. 하지만 언제까지고 이 헌터님이 우리를 도와주지는 않을 거다. 승부를 낼 수 있을 때 내야해. 회장님 말씀처럼 지금 우리는 호랑이 등에 올라탄 거야."

최성호 뿐만 아니라 임재호 마저 그녀의 말에 반박하자 최선주는 더 이상 반대의견을 내지는 못하였다.

어차피 두 명의 부회장 역시 같은 생각이다보니 그녀 한 명의 의견이 크게 중요하지 않는 상황이었다.

"그럼 너희들은 바로 출발하거라. 원용이하고 원철이는 그간 준비해놓았던 계획을 진행하도록 하고. 우리의 손실은 없고 흑영은 괴멸적인 타격을 입었으니 플랜 A로 진행하면 될 거다."

"드디어… 그 계획을 실행하는 군요. 참… 감회가 새롭습니다."

지금 최성호가 말하는 계획은 연합회에서 흑영을 이겨냈을 때의 계획을 의미하는 것이었다.

흑영을 처리한 뒤 연합회 측의 피해 정도에 따라서 단계적인 계획을 수립하였는데, 지금 연합회에서는 아무런 피해를 입지 않았기에 최성호는 플랜 A를 언급하고 있었다.

"그래. 그럼 수고들 해라. 난 이 헌터에게 마지막 정산을 하러갈 테니, 혹시 다른 긴급한 상황이 생기면 연락을 주고."

"네, 알겠습니다."

간단하지만 중요한 지시를 내린 최성호는 이내 칼스타인에게 다가왔다.

"자, 우리도 가지."

드디어 기다리던 정산 시간이었다. 칼스타인은 최성호와 함께 주인이 없어진 흑영의 차량 하나를 골라 타고 전장을 떠났다.

다만, 바로 성호상회로 가는 것은 아니었고 필요서류를 챙기기 위해서 일단 전장에서 떨어진 지휘부가 있었던 곳으로 가는 것이었다.

어차피 칼스타인 역시 자신의 차량을 가져가야 했기 때문에 거기부터 가는 것은 어쩌면 당연한 일이었다.

※

전장을 떠나는 칼스타인은 떠날 때까지도 이 전장을 주시하는 시선이 있음을 알아차리지 못하였다.

그도 그럴 것이 그 시선은 전장의 수만 킬로미터 상공의 하늘, 정확히 말하면 대기권 밖에 존재했기 때문이었다. 그 시선은 주인공은 바로 인공위성이었다.

만일 외부의 시선을 차단하는 결계나 전자기장이 펼쳐져 있었다면 인공위성의 정찰을 막아낼 수 있었을지 모르나, 트여 있는 전장에는 당연히 그런 장치가 되어 있지 않았다.

즉, 전장의 모든 상황이 인공위성에게 정찰되었다는 이야기였다. 그리고 당연하게도 이 인공위성은 그 주인이 있었다.

지금 그 인공위성에서 전달되는 영상을 보는 자는 폭발적인 미모를 가진 금발의 미녀였다.

20대 후반 정도로 보이는 푸른 눈을 가진 금발의 미녀는 마치 인간이 아닌 것과 같은 아름다움을 가지고 있었다.

고결(高潔)하고 고아(高雅)한 아름다움을 가진 이 미녀의 한 가지 특이한 점은 금발 머리 사이로 드러난 양쪽 귀의 끝이 다소 뾰족하다는 점이었다.

하지만 그 모습이 결코 어색하거나 언밸런스 해보이지는 않았다. 오히려 그 특이점이 그녀를 더 독특하게 보이게 하여 그녀의 아름다움을 드러내주는 것만 같았다.

한참 동안 인공위성에서 전달되는 영상을 보던 이 여성은 칼스타인이 전장을 떠나자 조용히 혼잣말을 내뱉었다.

"…역시 한국에 시선을 두길 잘했어. 초월의 영역을 자유자재로 드나드는 마스터급 강자라… 이 정도 강자가 등장한 건 꽤 오랜만이군. 게다가 전설 등급의 소환수까지 가지고 있다니 말이야… 그건 그렇고 뇌전마녀가 저 녀석의 소환수라는 것은 상당히 의외이긴 하군."

금발의 여성은 인공위성을 통해서 연합회와 수호대 간의 전투를 처음부터 끝까지 다 지켜보고 있었다.

그렇다는 말은 전투 중간에 벌어진 셀리나의 소환 역시 보았다는 이야기였다.

칼스타인의 행동은 전장에 있는 모두의 시선을 속일 수는 있었지만, 전장 밖에 있는 시선을 속일 수는 없었다.

지금까지 드러나지 않았던 칼스타인과 셀리나, 아니 뇌전마녀와의 관계가 인공위성을 통해서 이 금발 여성에게 포착이 된 것이었다.

'흐음… 어떻게 이 정보를 사용해야 좀 더 치열한 경쟁이 될까? 그렇다면 단지 뇌전마녀에 대한 정보로 팔 것이 아니라….'

생각에 생각을 거듭하던 금발 여성은 드디어 생각을 정리하였는지, 자리에서 일어난 뒤 방을 나섰다. 다만, 방에서 나가기 직전 검은 로브에 달린 모자를 덮어썼다.

로브에는 마법적인 처리가 되어 있는지 모자를 둘러쓴 그녀의 얼굴은 어둠으로 둘러싸여 그 안의 얼굴이 보이지 않았다.

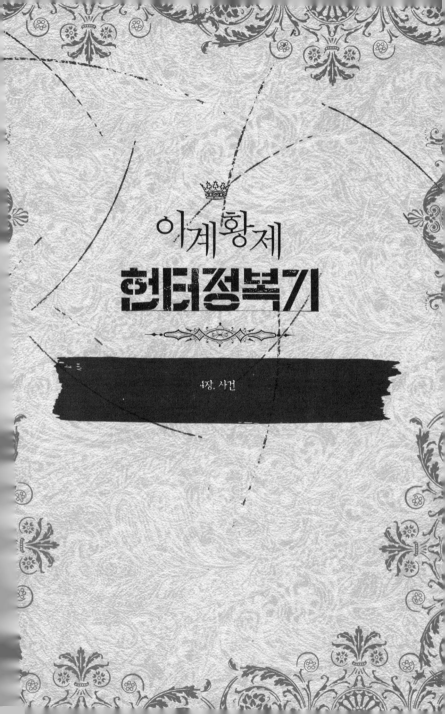

이계황제
헌터정복기

4장. 사건

4장. 사건

"어머니, 기분이 어떠세요?"

"뭔가 좀 개운한 느낌이구나."

칼스타인은 최성호에게서 [아리아나의 축복]을 받자마자 바로 집으로 돌아와 그것을 박정아에게 복용시켰다.

원래 이런 귀물(貴物)을 복용할 때에는 그것을 받아들일 몸 상태를 만들어주고 복용하는 것이 정석적이었으나, 칼스타인은 자신의 마나로 박정아의 몸 상태를 일시적으로 정리한 후 바로 복용을 시킨 것이었다.

"이제 다 나으신 거에요. 앞으로는 병원에 가실 필요 없을 겁니다."

"그러니? 그런데 이거 비싼 거 아니니? 그냥 일주일에 한 번 병원에 가면 되는데 굳이 이런 비싼 것을…."

칼스타인이 말하지 않았기에 박정아는 자신이 얼마나 위태로운 상태에 있었던 것인지 알지 못하고 있었다.

단지 근원마나 손실로 일주일에 한번 마나 주사를 맞아야 된다는 것이 그녀가 아는 자신의 상태에 대한 전부였다.

"뭐 별로 비싼 거 아니에요. 그리고 저 돈 많으니 앞으로 돈 같은 건 걱정하지 마세요."

[아리아나의 축복]이 얼마나 구하기 힘든 것인가, 그리고 얼마나 비싼 것인가를 알게 된다면 박정아는 크나큰 부담을 가질 것이 분명하였다.

만일 그렇게 비싼 것인 줄 알았다면 그걸 복용했을 박정아가 아니었다. 그렇기에 칼스타인은 그것이 정말 별거 아닌 것처럼 이야기 하였다.

"돈은 있다가도 없는 것이니 언제나 아껴 써야 해. 조금 전 물약이야 별 거 아니라하니 다행이지만, 앞으로도 너무 낭비하지는 말거라."

"네, 알겠습니다. 어머니. 아. 그리고 치료는 되었지만 당분간은 가벼운 어지럼증 같은 건 있을 수 있을 거에요. 더 건강해지려고 그러는 거니 걱정하지 마세요."

[아리아나의 축복]은 상처 난 마나홀과 마나로드를 완전히 치료해주는 것을 넘어서 일반인의 경우에는 마나를 활성화시켜 하급 능력자 정도의 마나를 갖게 해주기도 하였다.

물론 이미 마나를 사용하는 능력자의 경우에는 이 마나 활성화 부분은 큰 의미가 없기에, [아리아나의 축복]은 치료능력에 포커스가 맞추어져 있지만, 분명 적게나마 각성효과가 있었다.

지금 칼스타인이 언급하는 것은 바로 이 부분이었다. 마나운용법이 없기에 당장 활용하기는 힘들겠지만 마나가 활성화되면 일반인에 비해서 당연히 더 튼튼한 몸을 갖게 되는 것이니 거짓을 말하는 것은 아니었다.

"혹시 시스템이 뜨면 전에 말씀드린 대로 하시구요."

마나가 활성화 되어 각성을 하게 되면 시스템을 이용할 수 있게 되는데 칼스타인은 그런 경우에 박정아가 할 일도 언급해두었다.

"그래 알겠어. 사냥한다고 고생했는데 얼른 들어가서 쉬렴."

"네, 그럼 어머니도 쉬세요."

그렇게 박정아의 방을 나와 자신의 방으로 올라가는 칼스타인은 차근히 앞으로 일을 정리하였다.

'일단 제천과의 일만 해결하면 당장 급한 것은 없겠군. 이후에는 그랜드마스터가 되는 것이 최우선이긴 하겠는데….'

만일 칼스타인이 그랜드마스터에만 오른다면 지금 지구의 상황 상 그에게 위해를 끼칠 존재는 없어보였다.

드물게 발현한다는 SS급의 몬스터들도 칼스타인이 그랜드마스터에 오른다면 충분히 상대가 가능할 것이기 때문이었다.

그것을 떠나서 지구에서도 라이트소더에 오르는 것은 칼스타인의 주요 목표 중의 하나였다.

애초부터 칼스타인은 느끼고 있었다. 지구에서도 다 라이트소더의 경지에 오르게 되면 좀 더 나은 경지로 나아갈 수 있을 것 같다고 말이다.

'이곳의 그랜드마스터들은 어떤 자들인지 궁금하군. 라이트소드의 경지를 알고는 있을까?'

지구에는 마나의 존재가 널리 알려진 지 얼마 되지 않았기에 라이트소더가 있을 것 같지는 않았지만, 어디에든 한계를 부수는 천재는 있었다.

역사가 짧다고 해서 라이트소더가 없다고 단정 지을 수는 없었다.

'그럼 이제 어머니도 치료했으니 그 S급 몬스터홀이나

처리하러 가볼까?

제천의 일이 있긴 하였지만, 제극명 회장은 보름 정도의 시간을 이야기 했기에 아직 시간은 있었다.

물론 지금의 그 S급 몬스터홀 역시 오픈까지 십여일의 시간이 있기에 급한 것은 아니었다.

하지만 S급 몬스터홀의 공략에 성공한다면 확정적으로 S급 몬스터의 마정석을 얻을 수 있기에, 다른 일이 없는 상황에서 굳이 망설일 필요가 없었다.

그 때 칼스타인의 휴대전화에 벨소리가 들렸다.

띠리리리리~ 띠리리리리리~

휴대전화의 액정에 나온 이름은 바로 성소현이었다.

"무슨 일이야?"

[무슨 일이기는! 그냥 전화해 봤지! 근데 해야 한다는 일은 다 끝났어?]

제주도로 가기 전 칼스타인은 성소현에게 일이 끝난 뒤 연락을 주기로 하였었다.

하지만 마스터가 된 이후 블랙머천트 연합회의 일이 나름 급하게 돌아가면서 그녀에게 연락할 시간이 잘 나지 않았다.

사실 수호대의 대원들을 봐주는 동안 연락해서 잠깐 보자면 보지 못할 것도 없었지만, 아직 그녀는 칼스타인에게 그 정도의 영향력을 가진 존재는 아니었다.

과거의 이수혁이 가진 인연, 순수한 성정을 가진 나쁘지 않은 여성, 약간의 호감 정도가 딱 칼스타인이 느끼는 감정이었다.

"아. 다 끝난 건 아니고 아직 하나 남았어."

실제로 아직 제천과의 일이 남았으니 일이 완전히 끝난 것은 아니었다.

[아~ 그렇구나….]

전화기로 들려오는 성소현의 감정은 안도 반 실망 반이었다. 안도의 감정은 칼스타인이 일이 다 끝났으면서도 연락하지 않은 것이 아니라 아직 일이 남아서 연락하지 않았다는 것이고, 실망의 감정은 그래서 오늘도 보기 힘들겠다고 생각했기 때문이었다.

그런 그녀의 감정을 느꼈는지 칼스타인은 그녀에게 말을 건넸다.

"음… 잠시 시간이 나기는 한데 전에 못봤던 영화나 볼까?"

몬스터홀이 당장 없어질 것도 아니기에 칼스타인은 오늘은 성소현과의 만남을 가지고 내일 정도에 몬스터홀을 사냥하기로 마음을 먹고 성소현에게 이런 제안을 한 것이었다.

그리고 칼스타인의 뜻밖이라 할 수 있는 제안에 성소현의 목소리 톤이 한층 올라갔다.

[정말? 그래도 돼? 시간 있어?]

"뭐 영화 한 편 보는 건데 뭐. 아, 그런데 넌 오늘 시간 괜찮아?"

[아. 당연히 되지! 언제, 어디서 만날까?]

"음… 종로에서 여섯시에 보자. 장소는… 어디가 좋지? 장소는 잘 몰라서 말이야."

[장소는… 종로 M스퀘어 앞이 괜찮을 거 같은데?]

"그럼 그렇게 하자. 좀 있다 봐."

칼스타인은 약속시간이 십여분 남기고 종로 M스퀘어에 도착을 했다. 처음에는 주차를 하고 올라가려고 했는데 M스퀘어 앞에서 긴장된 표정으로 좌우를 살피는 성소현을 확인하고 성소현을 불렀다.

다소 먼 거리였지만 전음의 방식을 통해서 성소현에게 정확히 말을 전달했기에 그녀가 칼스타인의 말을 못들을 일은 없었다.

갑작스럽게 들린 칼스타인의 목소리에 깜짝 놀란 성소현

은 주위를 두리번거리다, 차안에서 손을 드는 칼스타인을 보고 반가운 표정을 지으며 차량으로 뛰다시피 다가왔다.

그렇게 잠시 그녀가 오는 것을 기다리는 동안 주변의 목소리가 칼스타인에게 들려왔다.

"와… 저거 블랙포스 아냐?"

"진짜네… 그것도 M2야. 저거 100억 가까이 한다고 하지 않았어?"

"헐… 100억이라니 진짜 장난 아니네."

블랙포스사에서는 헌터용 차량에 대한 광고에도 적극적이었기에 헌터를 제외한 일반인이라도 블랙포스사의 차량에 대해서 잘 알고 있었다.

특히 그 중에서도 M2라면 블랙포스사에서도 한정판매되는 모델로 대중적으로 잘 알려지지는 않았지만, 세계에서 가장 비싼 자동차 중 하나라는 이름으로 나름의 유명세를 갖고 있었기에 자동차에 관심이 있는 사람이라면 충분히 알아볼 수 있는 차종이었다.

차량 가까이 다가온 성소현은 주변의 그런 말을 들었는지 차를 흘깃 바라본 뒤, 차량에 올랐는데, 미인이라 할 수 있는 성소현이 차량에 탑승하자 주위의 사람들은 역시라는 표정을 지었다.

저 정도 재력이 되는 사람이니 이런 미녀를 만나는

것이 당연하다는 듯한 태도였다.

차에 탄 성소현은 신기하다는 표정으로 칼스타인에게 말했다.

"이 차 비싼 거 아냐? A급 헌터라더니 벌써 이런 차를 살 정도로 돈을 많이 번거야?"

"아. 선물 받았어."

"뭐? 선물? 누가 이런 고가의 차량을 선물로 줘?"

"별거 아냐. 아. 별거 아닌 건 아닌가? 여튼 받을 만한 일을 했어. 준 사람은 충분히 줄 만했고."

"그렇…구나….."

아직 연인도 뭐도 아닌 사이이다 보니 성소현은 구체적으로 물을 수는 없었다. 처음에는 차에 탈 때 주변 사람들이 보내는 시선에 왠지 우쭐해지기도 했지만, 지금 그녀의 기분은 다소 가라앉아 있었다.

그것은 준수한 외모에 A급 헌터의 능력, 물론 실제는 S급이지만 아직 성소현은 A급으로 알고 있었다. 어쨌든 그런 능력에 이런 차량을 몰 정도의 재력까지 더 해지다 보니, 자신이 칼스타인에게 내세울 수 있는 것이 너무 없다는 생각이 들어서였다.

더군다나 아직 혼자 짝사랑을 하는 상황에서 자신의 초라함은 더 크게 느껴졌다.

물론 그녀 역시 C급의 이능력자로 능력자 전문병원에서 의사를 하고 있어 평범한 사람들에 비해서 그리 떨어진다 할 수는 없었지만, 지금 칼스타인이 보이는 조건에 비하면 한참 부족하다 할 수 있었다.

 만일 칼스타인이 A급 헌터가 아니라 S급 헌터라는 말까지 들으면, 그녀의 자괴감은 더 커질 수도 있을 것이었다.

 그런 그녀의 기분을 아는지 모르는지, 칼스타인은 아무렇지 않게 그녀에게 말을 건넸다.

 "그럼 무슨 영화 볼까? 아. 영화관이 여기에 있다고 했나? 그럼 저기 빌딩에 주차를 해야겠네."

 칼스타인의 말에 잠시 망설이던 성소현은 조심스럽게 그에게 대답했다.

 "…내가 오다가 확인했는데 딱히 재미있는 영화가 없더라고. 우리 그냥 차라리 교외로 나가서 식사나 하는 건 어때?"

 어차피 영화를 빌미로 칼스타인을 만나는 것이 목적이었던 성소현은 굳이 영화를 고집하지는 않았다.

 더군다나 지금의 기분으로는 영화보다는 탁 트인 밖으로 나가는 것이 낫다는 생각이 들어서 이런 제안을 하였다.

 칼스타인 역시 어두운 곳에 앉아 멍하니 화면만 보는

것이 썩 내키지 않았기에 그녀의 제안에 고개를 끄덕이며 말했다.

"뭐 그렇게 하자. 혹시 아는 맛집이라도 있어?"

"의정부 쪽으로 가는 길에 괜찮은 집이 있다고 하던데 거긴 어때?"

"그래, 그럼 그리로 가자."

칼스타인의 차량은 부드럽게 움직이며 종로를 빠져나와 차량 전용도로에 올라탔고, 얼마 지나지 않아 서울의 외곽으로 들어섰다.

중심과 외곽을 나누는 기준은 해당 구역이 그린존인가 엘로우존인가에 달려 있었기에 지금 그들은 그린존을 넘어 엘로우존에 진입한 것이었다.

다만, 엘로우존이라 하더라도 서울의 외곽이라 그런지 중소도시의 번화가 못지않은 모습을 보여주고 있었다.

그렇게 몇 분의 시간을 더 달려 엘로우존을 빠져나가려는데 저 멀리서 불꽃과 함께 폭발음이 들려왔다.

콰아앙~!

"어? 저게 뭐야?"

놀라는 성소현의 말을 뒤로 한 채, 칼스타인이 안력을 돋워 소리가 난 쪽을 바라보니 십수마리의 몬스터가 건물을 부수고 도망치는 사람들을 공격하고 있었다.

"음? 아직 엘로우 존일 텐데 몬스터가 나왔음에도 왜 경보음이 안⋯."

왜애애애애앵~ 왜애애애애앵~

칼스타인이 말을 하는 동시에 주위의 싸이렌에서 경보음과 함께 경고 방송이 나왔다.

'지금에야 경고 방송이 나왔다는 것은⋯ 홀이 터졌나 보군. 하지만 엘로우존에서 홀의 관리를 하지 않았을 리는 없을 거고⋯.'

이 정도 숫자의 몬스터가 한 번에 나왔다는 말은 몬스터홀이 열리지 않고서야 불가능하였다.

엘로우존이라 실시간 감지는 되지 않지만, 그래도 십여분 정도면 몬스터의 출현 탐지가 되곤 하였다. 그 말인즉, 몬스터가 출현한지 아직 삼십분도 채 되지 않았다는 말이었다.

외부에서 걸어 들어왔다면 엘로우존이지만 도심이라 할 수 이곳까지 몬스터가 오는데 탐지에 걸리지 않을 리가 없었다.

문제는 서울 근교의 엘로우존이라면 정부에서 운영하는 능력자 패트롤이 정기적으로 관리를 하는 지역이라는 것이다.

보통 몬스터홀은 오픈까지 짧게는 오 일에서 길게는

한 달 이상의 시간을 갖는다.

몬스터홀이 나타난 초기에는 사람이 찾지 못해서 오픈 되는 몬스터홀이 많았지만, 홀 탐지기가 상용화 된 지금 은 적어도 옐로우존까지는 홀을 찾지 못해서 홀이 오픈 되는 경우는 없다고 해도 과언이 아니었다.

그렇기 때문에 그런 일이 벌어졌다면 이유는 단 하나 뿐이었다.

'홀 브레이크에 따른 몬스터 웨이브인가?'

홀 브레이크란 홀의 오픈까지 부여된 시간 이전에 홀 이 열리는 현상을 말한다.

사실 능력자들에게는 이렇게 브레이크가 발생한다 해 서 큰 문제는 없었지만, 일반인들에게는 엄청난 문제였 다. 안전하다고 믿고 있던 공간이 위험한 공간으로 변해 버리기 때문이었다.

그나마 그린존은 실시간 몬스터홀 탐지 및 실시간 몬 스터 탐지가 되기 때문에 패트롤이나 헌터들이 즉각 출 동하여 위험을 최소화 하지만, 옐로우존은 탐지까지 딜 레이 되는 시간이 있었기 때문에 큰 피해가 발생하곤 하 였다. 바로 지금처럼 말이다.

보통 이 홀 브레이크는 보통 4년에서 길게는 10년 까지 의 불안정한 주기를 가지고 발생하는데 한 번 발생하기 시작하면 점점 그 빈도수가 올라간다는 문제가 있었다.

그러다 홀 브레이크의 빈도수가 최고조에 이르는 어느 순간이 되면 딱 지구상 모든 곳에서 홀 브레이크가 사라지고 평소의 몬스터 홀로 돌아가는데, 홀 브레이크가 발생해서 다시 원래대로 돌아갈 때까지를 일반적으로 브레이크 시즌이라고 불렀다.

당연히 브레이크 시즌 때는 일반인들은 공포에 떨 수밖에 없었다.

더 큰 문제는 브레이크 시즌 직후 종종 대규모 몬스터 웨이브가 발생하며 대륙단위의 레드존이 나타나기도 한다는 점이었다.

현재 남극 대륙, 러시아의 북부, 호주, 아프리카가 그렇게 발생한 레드존이었다. 그나마 인구밀도가 낮은 곳에 발생했기에 망정이지 중국이나 인도 같은 곳에 이 몬스터 웨이브가 발생했다면 수십억의 인명 손실이 발생했을 것이었다.

물론 브레이크 시즌마다 대규모 몬스터 웨이브가 발생하는 것은 아니었다.

이능력이 생겨나고 몬스터가 나타난 지 반세기가 가까운 시간 동안 브레이크 시즌은 8번이 있었고, 대규모 몬스터 웨이브는 4번이 있었다.

대략 절반정도의 확률로 브레이크 시즌 뒤에는 몬스터 웨이브가 따라왔는데, 50%의 확률은 상당히 높은 확률이기에 브레이크 시즌이 시작되고 나면, 각 국가들 뿐만 아니라 세계 능력자 협회에서도 상당히 긴장하며 추이를 지켜보곤 하였다.

꼬리에 꼬리를 물고 계속 이어지는 칼스타인의 생각을 끊은 것은 성소현의 목소리였다.

"수혁아. 저기 도와줘야 하지 않을까?"

지금도 몬스터가 난동을 부리며 사람들을 공격하고 있었기에 성소현의 목소리는 꽤나 다급하였다.

"그래, 그럼 잠시만 차에서 기다려 줄래? 차량 방어결계를 펼쳐놓을게."

칼스타인은 비전투 인원인 성소현을 굳이 전투에 끌어들이려 하지 않았지만 성소현의 생각은 달랐다.

"가만히 있는 것보다는 나도 치료가 가능하니까 저리로 가서 부상자 치료라도 도울게."

지금 보이는 몬스터들은 최고등급이 C급 정도에 불과하였기에, 만일 칼스타인이 나선다면 그녀의 안전에는 문제가 없었다.

재빠르게 그런 판단을 내린 칼스타인은 그녀에게 고개를 끄덕이며 말했다.

"그래, 그럼 전장에 너무 접근하지 말고 일단 부상자만 치료해."

"알겠어. 걱정마. 이래보여도 힐러로서 몬스터홀 사냥에 참여하기까지 했다구."

이왕 도와주기로 마음먹은 것, 더 이상의 희생자를 두고 볼 필요는 없었다.

후방에서 성소현이 부상자를 치료하는 것을 확인한 칼스타인은 일단 가장 가까이에 있는 2미터 크기의 집게발 괴물, 크랩투스에게 날아갔다.

콰직!

이격도 필요 없었다. 검도 뽑지 않은 채 일격에 괴물의 머리를 날려버린 칼스타인은 바로 옆에 있는 검은 빛깔의 맷돼지를 향해 움직이며 팔찌 형태의 벨로스 소드에 마나를 주입하였다.

치링!

칼스타인의 마나에 반응한 벨로스 소드는 경쾌한 마찰음을 내며 팔찌에서 검의 형태로 바뀌었다.

서걱!

벨로스 소드가 검의 형태가 되자마자 칼스타인은 두부를 자르듯이 부드럽게 다크 보어의 목을 잘라내 버렸다.

전장에 뛰어든 지 십여초도 지나지 않아 칼스타인은 크랩투스와 다크 보어를 처리하였는데, 그 모습을 본 전장의 다른 몬스터들은 무고한 시민을 해치려고 하는 대신 칼스타인을 노리고 덤벼들기 시작하였다.

아마 홀에서 나온 지 얼마 되지 않아 보통의 필드 몬스터와는 다르게 아직 동료애를 갖고 있는 것처럼 보였다.

'역시 C급 정도 몬스터로군. A급만 되었어도 어느 정도 지능이 있어 오히려 도망칠 텐데 말이야. 뭐 나는 더 편하게 되었지.'

내심 고개를 끄덕인 칼스타인은 다시 십수미터를 한 걸음에 이동하며 또 다른 크랩투스를 처리해버렸고, 개중에 덩치가 크던 빅스네이크 역시 일검에 두 동강을 내었다.

칼스타인의 신속한 움직임에 몬스터들은 본능적으로 동시 공격을 시도하였다.

물론 C급 몬스터 정도의 공격이야 별다른 방어구를 하지 않고 호신막 정도만 펼쳐도 다 막을 수 있기에 칼스타인에게는 아무런 해를 끼칠 수도 없었지만, 그것이 그들이 할 수 있는 유일한 승부수였다.

'훗, 이렇게 된 거 반탄막(反彈膜)으로 한 번에 치워버리는 것이 낫겠군.'

이 정도 수준의 몬스터에게 큰 기술을 사용하는 것은
마나 낭비라 할 수 있어 지금까지 칼스타인은 별다른 기
술도 없이 단순한 칼질로만 몬스터를 잡아왔는데, 이렇
게 한 번에 덤벼든다면 기술 하나 쯤 사용하지 않을 이유
는 없었다.

그렇게 마음먹고 몬스터들이 덤벼드는 것을 그냥 두고
보고 있었는데 후방에서 비명소리가 들려왔다.

"수혁아!"

성소현의 목소리였다. 성소현은 C급 능력자이긴 하였
지만 치료전문 능력자로 전투를 보는 안목은 전무하다고
해도 과언은 아니었다.

그러다보니 조금 전까지 종횡무진으로 몬스터를 처리
하던 칼스타인이 공격을 멈춘 채 몬스터의 공격을 두고
보는 이유는 파악하지 못한 채, 그가 문제가 있어 공격을
하지 못하는 것으로 오해를 했던 것이었다.

우우웅!

그녀의 비명에 걱정하지 말라는 전음을 전하려는 순
간 성소현에게서 커다란 마나 유동이 발생하더니 이윽
고 칼스타인의 전신을 감싸는 강력한 보호막이 펼쳐졌
다.

칼스타인이 위기 상황에 빠진 것으로 오해한 성소현이

펼친 보호 이능이었다. 문제는 칼스타인이 알기에 그녀에게 이런 능력은 없다는 것이었다.

'으음? 치료 전문이라고 했던 것 같은데?'

그에게 비밀로 했을 수도 있겠지만, 평소 그녀의 성정으로 보아 칼스타인에게 거짓을 말할 성격은 아니었다. 그 말인 즉,

'지금 새로운 능력을 각성한 건가? 그럼 위험 할 수도 있겠군.'

성소현은 초능력형 치유능력자였다. 상당한 시간의 수련이 필요한 무투형이나 마법형 능력자와는 다르게 초능력형 능력자는 순간적인 깨달음이 능력의 대부분을 좌우하였다.

운과 재능에 따라서 평생 한 번의 작은 깨달음도 얻지 못하는 능력자가 있는가 하면, 수차례의 큰 깨달음을 얻는 능력자도 있었다.

그래서 초능력형 능력자들 중 상당수는 일부러 자신을 극한의 상황에 몰아넣고 강제로 깨달음을 추구하는 경우도 있었다.

하지만 이 깨달음이라는 것은 항상 좋은 것만은 아니었다. 그 이유는 깨달음으로 얻은 능력이 자신의 한계능력이나 재능을 초과해버리면 그 능력이 되려 마나폭주를

일으켜, 심한 경우는 목숨마저 잃는 경우도 있었기 때문이었다.

그리고 지금 성소현의 마나 흐름은 평소와는 상당히 달랐다. 각성 이후 안정화에 들어간 것이라고 생각하기에는 너무나 폭급하고 과열된 마나 흐름이었다.

퍼퍼퍼퍼퍽!

칼스타인이 생각을 정리하는 동안 덤벼 든 몬스터들은 칼스타인의 반탄막에 튕겨져 나가 한 방에 다 처리되어 버렸다.

남은 몬스터는 딱 한 놈이었다. 두 개의 뿔이 달린 말 형태의 몬스터였는데 개중에서는 가장 강해보이는 몬스터였다. 그래봤자 C급이긴 하지만.

콰지직!

제 자리에서 사라지다시피해서 달려 나간 칼스타인은 더블혼 호스의 머리를 발로 밟아 짓이겨 버렸고, 그 반탄력으로 순식간에 성소현의 옆까지 도착하였다.

"소현아!"

칼스타인이 불렀지만 이미 의식을 잃어버린 성소현은 대답할 수가 없었다. 재빠르게 그녀의 몸 상태를 확인한 칼스타인은 자신의 예상대로 성소현이 각성 이후의 마나 폭주 상태에 들어갔음을 알 수 있었다.

만일 성소현이 무투형 능력자였다면 강대한 마나로 빠르게 그녀의 마나를 안정화 시킬 수 있을 것이었지만, 성소현은 칼스타인에게도 생소한 초능력형 능력자였다.

초능력형 능력자의 특징은 하단전, 보통 단전이라고 불리는 곳을 통해서 마나를 사역하는 것이 아니라 상단전인 뇌력(腦力) 즉, 두뇌의 힘으로 마나를 사역 경우가 대부분이었다.

따라서, 아무리 칼스타인이라 하더라도 전혀 다른 방식의 마나 운용을 완전히 파악할 수는 없었다.

성소현이 마법형 능력자만 되었더라도 헤스티아 대륙에서의 경험을 토대로 어느 정도는 해결할 수 있을 것이나, 초능력형 능력자는 황제인 칼스타인조차 극히 드물게 본 것이 전부이기에 마나의 운용은커녕 그 흐름조차 처음 보는 것이었다.

다만, 이미 지고의 경지라 불리는 그랜드마스터의 경지를 넘어 전인미답의 경지라 할 수 있는 라이트소더의 경지에 올랐던 칼스타인이었기에, 정확한 증상의 파악 및 치료까지는 하지 못하더라도 상태가 더 이상 악화되지 않도록 임시적인 마나 안정화는 시행할 수 있었다.

'아직 마스터도 되지 못했으니 강제로 안정화 시켜버리면 신체가 견디지 못할 것 같은데…'

강제로 마나를 안정화 하자면 하지 못할 것은 없었지만, 그렇게 된다면 마나를 사역하는 뇌가 버티지 못할 가능성이 높았다.

마나는 안정화 시킬 수 있을테지만 뇌에 충격이 가서 심할 경우는 백치가 될 가능성마저 있었다.

'차라리 무투형이었으면 강제 안정화를 한다 하더라도 마나를 잃는 것에 그칠 텐데⋯ 하긴 무투형이었으면 내가 일일이 풀어서 마나를 안정화 시키면 되니 강제 안정화 자체가 필요 없겠지.'

머릿속으로는 이런 저런 생각을 하면서도 칼스타인은 빠르게 성소현에게 조치를 취한 뒤, 그녀를 자신의 차량으로 올렸다.

칼스타인과 성소현 덕분에 생명을 구한 사람들이 앞을 다투어 그에게 감사의 인사를 하였지만, 지금 칼스타인은 그들의 인사를 받고 있을 상황은 아니었다.

사람들의 인사를 뒤로 하고 차량에 오른 칼스타인은 다시 서울로 차를 돌리면서 어디론가 전화를 걸었다.

뚜우우우~ 뚜우우우~

[이 헌터. 무슨 일인가?]

"계획대로 잘 되셨나요?"

[하하. 이 헌터 덕분에 흑영에 무혈입성을 했다네. 수

뇌부는 이미 다 처리했고, 지금은 빠르게 하부조직을 장악하는 중일세.]

칼스타인이 전화를 건 사람은 성호상회의 주인이자, 블랙머천트 연합회의 회장 최성호였다.

죽음의 위기에서 살아남아 도리어 흑영을 완전히 집어삼킨 그의 목소리는 한껏 밝은 상태였다.

"축하드립니다."

[뭐 자네 덕분이지. 그런데 무슨 일인가?]

그가 본 칼스타인은 이런 축하인사를 위해서 전화를 걸 사람은 아니었다. 용건 없이 전화를 할 사람이 아니라는 것을 알고 있는 최성호는 단도직입적으로 용건을 물었다.

"별 일은 아닌데… 초능력형 능력자 한 명만 섭외해주십시오. A급이면 좋겠고, A급이 없다면 B급도 괜찮습니다."

[초능력형? 공격형, 방어형, 지원형 중에서 어떤 타입을 원하는가? 모두 이번 작전에 투입되어 있지만, 자네가 원한다면 한 명 정도야 얼마든지 내어주지.]

최성호의 입장에서 칼스타인의 부탁을 거절할 리가 없었다. 한 명 정도를 내어준다고 해서 대세에 지장을 줄일도 없었기 때문에 더더욱 그러하였다.

"지원형이면 좋겠군요. 혹시 고를 수 있다면 이론에 박식한 능력자면 더 좋겠군요."

[알겠네. 어디로 보내면 되겠나?]

"저희 집으로 보내 주십시오."

[집이면… 삼십분 안에 갈 수 있도록 하겠네.]

"감사합니다."

[감사는 무슨. 자네가 해준 역할이 얼만데. 이런 부탁은 언제든지 환영하네. 허허허.]

갑작스러운 칼스타인의 부탁이었지만 최성호는 무슨 일인지조차 묻지 않았다.

그의 부탁이면 이유조차 필요 없이 들어준다는 것을 보여주기 위한 것이기도 하였지만, 어차피 지원한 이능력자를 통해서 무슨 일이 벌어졌는지 확인 할 수 있기에 물을 필요가 없기도 하였다.

서둘러 칼스타인이 차를 몰고 집으로 돌아온 칼스타인은 박정아에게 인사도 하지 않은 채 성소현을 안고 그의 개인 수련장이 있는 별채로 그녀를 데려갔다.

집에 들어서며 경비원에게 블랙머천트의 이름을 대며 출입을 원하는 사람이 있으면 바로 별채로 안내 하라고 했는데, 칼스타인이 들어간 지 오 분도 채 지나지 않아서 최성호가 보낸 능력자가 별채로 들어왔다.

"안녕하십니까, 이 헌터님. 박수근이라고 합니다."

30대 중반 정도로 보이는 박수근은 차이나 칼라의 흰색 셔츠에 깔끔한 검은 정장을 입고 있었는데, 별채의 거실에 있는 칼스타인을 보더니 정중히 인사를 하였다.

"박… 헌터님이라고 부르겠습니다. 이리로 오시지요."

호칭이 애매했던 칼스타인은 그 역시 헌터라는 호칭으로 칭하며 박수근을 자리로 안내하였다.

"회장님께서 이 헌터님의 부탁이라고 이리로 가라는 말을 하셨지만, 무슨 내용으로 부르셨는지는 말씀하시지 않더라구요. 혹시 제가 해야 하는 일이 무엇인가요? 아, 저는 치유 특화 초능력형 이능력자입니다."

박수근의 말에 칼스타인은 내심 고개를 끄덕이며 생각했다.

'말도 안했는데 최 회장이 제대로 보냈군.'

치유특화 초능력형이라면 성소현과 같은 계통이라 할 수 있었기에 그녀의 치료에 더 큰 도움이 될 것이었다.

사실 지원형 초능력자는 치유특화가 가장 많았고 잘 알려져 있기에 이쪽 계통의 능력자가 올 것이라 어느 정도 예상하긴 했었다.

자신의 말을 기다리고 있는 박수근을 보며 칼스타인은 가볍게 대답을 하였다.

"아. 별 것은 아닙니다. 제가 초능력형 능력자에 대해서 연구를 하고 있는 것이 있는데 도움을 좀 받고 싶어서요."

"연구요?"

칼스타인은 애초에 성소현을 박수근에게 보여줄 생각은 없었다. 아무리 초능력계통의 능력자라 하더라도 S급 능력자가 아니면 어차피 성소현을 치유할 수는 없을 것이었다.

그런 상황에서 굳이 그녀와 자신의 관계를 밖으로 노출할 필요는 없었다.

그럼에도 불구하고 칼스타인이 초능력 계통의 능력자를 요청했던 것은 그 마나 운용법과 마나 흐름을 파악하기 위해서였다.

"네. 간단히 말씀드리면 마법형이나 초능력형의 마나 운용과 마나 흐름을 무투형 마나 운용에 적용할 수 있을지에 대한 연구입니다. 사실 오늘 전투에서 그에 대한 아이디어가 떠올라서요. 연합회 역시 편한 상황이 아니라는 것은 알지만, 아이디어의 꼬리를 놓치기 싫어서 실례를 무릅 쓰고 이렇게 박 헌터님을 초빙하였습니다."

구체적인 정보를 갖고 있지는 않았지만, 칼스타인이 무투형의 마스터라는 것은 박수근 역시 알고 있었다.

마스터가 되면 더 높은 경지를 위한 깨달음을 얻기 위해서 온갖 기이한 행동들을 한다는 것은 이미 암암리에다 알려진 사실이었기에 칼스타인의 대답이 어색하지는 않았다.

"아… 그럼 제가 뭘 하면 되겠습니까?"

"일단 이 화분을 대상으로 치유의 기운을 넣어주시겠습니까? 그 때의 마나 흐름을 보려고 합니다."

칼스타인의 의도를 파악한 박수근은 다양한 방식을 통해서 화분에 치유의 기운을 넣었다.

최성호 회장에서 적극적인 협조를 부탁받았기에 박수근은 자신이 아는 초능력자들의 마나 운용에 관한 지식도 아낌없이 칼스타인에게 전달하였다.

"이번에는 제 마나를 투입하여 볼 테니 같은 방식으로 마나를 사용해 보시겠습니까?"

타인의 마나를 체내로 받아들이는 것은 서로 간에 웬만한 신뢰가 쌓이지 않고서는 불가능하였다.

만일 주입된 마나가 자신의 몸을 공격한다면 외부의 공격보다 훨씬 방어하기가 힘들었기 때문이었다.

하지만 어차피 칼스타인은 마스터급의 강자였고, 자신을 처리하자면 일수(一手)에 처리할 수 있을 것이기 때문에 박성호는 굳이 칼스타인의 말을 거부 하지 않았다.

거의 한 시간여 동안 박수근은 다양한 방식으로 마나를 사용하였고, 그 시간동안 칼스타인은 면밀하게 박수근의 마나 운용법과 마나의 흐름을 파악하였다.

"이제 됐습니다."

"휴우~ 끝났습니까? 처음엔 쉽게 생각했는데, 조금만 더 길어졌다면 마나고갈로 부끄러운 모습을 보일 뻔 했네요. 하하하."

아직 그 정도로 마나홀이 비어 보이지는 않았지만, 그가 사용한 마나의 양을 생각하면 상당한 마나가 된 것은 사실이었다. 즉, 근거 없이 약한 소리를 하는 것은 아니었다.

그리고 칼스타인 역시 그의 노고를 잘 알고 있었다.

"수고하셨습니다. 그 대가라고 하긴 그렇지만 이건 제 성의니 받아두시죠."

칼스타인이 내민 것은 은은한 푸른 빛을 뿜어내는 손바닥 반만한 펜던트형 목걸이었다. [안정의 목걸이]라는 이름을 가진 이 아티팩트는 마나 빛깔을 보면 알 수 있듯이 희귀 등급의 아티팩트였다.

아까 흑영과의 전투 후 흑영 소속 헌터들의 아티팩트가 자신의 것이라는 최성호의 말을 듣고 조그만 아티팩트들 몇 개는 자신의 공간압축주머니에 챙겨왔는데, 그 중의 하나를 칼스타인이 꺼낸 것이었다.

"아니, 이런 건… 생각하지 못했는데…."

박수근은 어차피 최성호에게 특별보수를 지급 받기로
약속을 받고 온 것이라 별도의 가외 수입은 생각하지 않
았는데, 뜻밖이라 할 수 있는 아티팩트에 말까지 더듬으
며 제대로 말을 잇지 못했다.

A등급의 능력자이긴 하였지만 전투에 잘 나서지 않는
치유형 헌터로 박수근은 아직 고급 등급 정도의 아티팩
트 밖에 없었다. 따라서 이 정도 일로 고가의 희귀 등급
의 아티팩트를 지급하는 칼스타인의 행동에 그는 당황하
였던 것이었다.

단순한 금전이라면 거절을 했을지도 모르나 희귀 등급
의 아티팩트가 주는 유혹은 너무 커서 차마 거절할 수가
없었다.

그런 박수근의 표정을 읽었는지 칼스타인이 아무것도
아니라는 듯 그에게 말했다.

"제겐 나름 큰 도움이 되었으니 이 정도는 받아도 됩니
다. 어차피 이런 아티팩트는 지금 꽤나 쌓여 있거든요."

박수근 역시 흑영과의 전투에서 칼스타인의 활약을 들
었다. 이런 아티팩트가 쌓여있다는 칼스타인의 말에 다
소 얼굴을 붉힌 채 아티팩트를 잡아갔다.

"그럼 염치불구하고 받겠습니다. 대신, 아… 대신이라 하면 그렇지만, 앞으로 어떤 연구를 하시든 몸과 마음을 다해 적극 협조할 테니 불러만 주십시오."

"하하하. 일단 계획된 연구는 없지만 혹시 있다면 연락 드리겠습니다."

"네, 감사합니다. 이 헌터님."

뜻밖의 선물을 받은 박수근은 입이 귀에까지 걸린 채 칼스타인의 집을 벗어났다. 그리고 칼스타인은 드디어 성소현이 누워 있는 별채의 방으로 자리를 옮겼다.

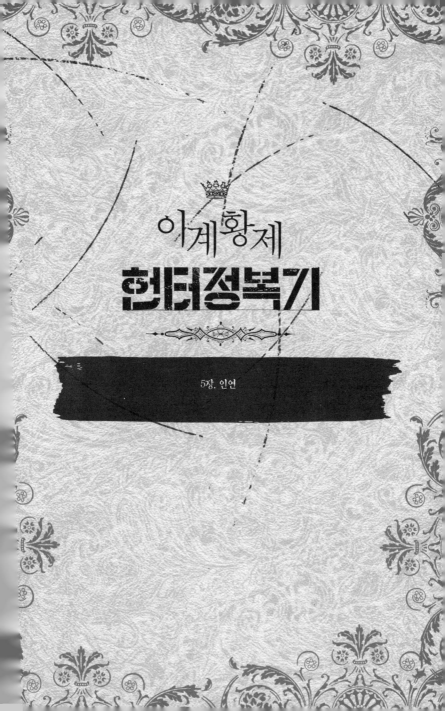

이계황제
헌터정복기

5장. 인연

5장. 인연

　방 안에 있는 성소현은 편안해 보이는 표정을 한 채 눈을 감고 누워 있었다.

　사실 처음부터 그런 것은 아니었다. 칼스타인의 웅혼한 마나가 들어오기 전까지만 하더라도 성소현의 생과 사의 갈림길이라 할 수 있는 상황에 놓여 있었고 당연히 온 몸을 꿈틀거리며 고통스러운 표정을 짓고 있었다.

　하지만 칼스타인의 마나가 그녀의 마나를 덮어버려 그의 마나 흐름으로 움직이도록 강제하였고 그로 인해서 그녀의 마나는 힘을 쓰지 못하고 있는 상황이었다.

물론 이 상태를 오래 유지할 수는 없었다. 지금의 상황은 더 강대한 힘으로 일시적으로 억누른 것에 불과하기에 이 상황이 오래 유지된다면 내부에서 마나가 폭주하여 목숨을 잃게 될 가능성마저 있었다.

그렇기에 칼스타인이 서둘러 초능력형 이능력자를 섭외하여 마나흐름을 파악한 것이었다.

'일단 내 마나를 거둬 들어야겠지.'

방 안으로 들어와 성소현의 이마에 오른손을, 단전에 왼손을 올린 칼스타인은 서서히 왼손을 통해 자신의 마나를 회수하기 시작했다.

다만, 회수하는 것에 그치지 않고 오른손으로 지금까지의 마나 파장과 전혀 동떨어진 마나 파장으로 성소현의 머릿속으로 마나를 주입하였다.

"으음…."

성소현의 나직한 신음소리가 들려오자 칼스타인은 좀더 조심스럽게 마나를 주입하기 시작했고, 어느새 기존의 마나는 다 회수하고 새로운 파장의 마나가 그녀의 전신에 깃들기 시작했다.

'받아들이는 마나량이 박수근 못지 않은데?'

박수근은 A급의 초능력형 이능력자였는데 그와 비슷한 마나량을 받아들인다는 것은 지금 성소현의 마나홀이 그 정도까지 확장된 상태라는 의미였다.

문제는 그녀의 자질이 그것을 소화할 정도가 되지 않는다면 이 정도의 깨달음은 오히려 그녀에게 독이 될 가능성이 높았다.

'그렇게 내버려 둘 수는 없지.'

아직 성소현을 자신의 사람으로 여기고 있는 것은 아니었지만, 순수한 영혼을 가지고 자신에게 적극적으로 호감을 표시하는 그녀를 죽게 둘 수는 없었다.

더군다나 불필요한 행동이긴 하였으나 지금 그녀의 상태는 칼스타인이 위기에 빠졌다고 생각한 성소현이 자신의 생명을 도외시하고 전력으로 이능력을 보였기에 발생한 상황이니 일말의 도의적 책임마저 느끼고 있었다.

이렇든 저렇든 칼스타인은 성소현을 살리고 싶었다.

그렇게 치료를 시작한 칼스타인은 박수근의 마나흐름으로 파악한 초능력형 이능력자의 마나운용법으로 자신의 마나를 변조하여 성소현의 상단전에 얽혀 있는 마나흐름 하나하나를 조심스럽게 풀어내기 시작했다.

단순한 신체의 치료는 몰라도 마나폭주 등과 같이 마나와 연계된 치료는 같은 계통의 능력자가 아니고선 매우 힘들었다.

계통이 다른 능력자간의 치료는 설령 치료가 된다하더라도 원래의 능력을 다 발휘하기 힘들어지거나, 심한 경우 목숨은 살리지만 이능력을 잃어버리는 경우도 있었다.

예를 들어 무투형 능력자의 주화입마를 초능력형 능력자나 마법형 능력자가 치료하면 마나홀이나 마나로드가 완전히 회복하지 못하는 경우가 많아 능력이 저하되는 경우가 비일비재하였다.

즉, 지금 칼스타인의 치료는 상당히 무리한 방식이라 할 수 있었다. 그러나 칼스타인은 자신의 마나파장을 바꿀 수 있는 능력이 있었다.

이는 단순히 마나의 파장을 바꾸는 것을 넘어 마나의 성질마저 바꿀 수 있었고, 만일 다른 계통 능력자의 마나 성질과 마나 흐름, 그리고 마나 운용법만 제대로 파악할 수 있다면 해당 계통의 능력자가 하는 치료와 같은 아니 그 이상의 치료를 할 수 있다는 말과도 같았다.

'여기서 마나를 이렇게 돌리고… 막힌 곳은 뚫지 말고 우회했었지… 뚫을 수 있긴 하지만, 지금 상황에서 뚫어낸다면 그녀는 마나 흐름을 감당하지 못할 거야….'

칼스타인은 신중하고 조심스럽게 얽혀있는 성소현의 상단전에 있는 마나흐름 하나하나를 풀어내었고 그것에만 대여섯시간이 훌쩍 넘어버렸다.

저녁 무렵에 시작했던 작업이 새벽이 될 때까지도 마치지 못했던 것이었다. 아무래도 생소한 작업을 하는 것이다 보니 더 많은 시간이 소모된 것이었다. 그러나 끝은 보였다.

'이 부분만 잡아내면… 합!'

내심 기합을 넣으며 칼스타인은 성소현의 머릿속에 있는 마지막으로 남은 마나 결절(結節)이자 가장 컸던 결절을 풀어냈다.

"휴… 끝났군."

그 마나 결절을 끝으로 칼스타인은 그녀의 목숨을 위협하던 마나 결절들을 모두 풀어냈던 것이었다.

이제 그녀의 머릿속에는 위험한 마나결절들은 하나도 남아 있지 않았다. 칼스타인의 오랜 노력으로 인하여 드디어 성소현은 위기는 넘긴 것이었다.

그러나 그녀는 바로 깨어날 수는 없었다. 깨달음을 통해서 갑자기 확장된 그녀의 이능력을 그녀의 신체에 동기화되는 시간이 필요했기 때문이었다.

만일 칼스타인의 치료가 없었다면 이 동기화 과정에서 목숨을 잃거나 능력을 잃게 되는 상황이 발생할 수 있었을 것이나, 칼스타인이 위험요소를 다 제거했기에 그런 위험은 사라졌다. 다만, 그녀의 재능에 따라서 얻을 수 있는 능력이 차이가 날 뿐이었다.

'어느 정도의 능력을 더 얻을지는 모르겠지만, 깨어날 때까지 일주일 정도는 족히 걸리겠군. 그럼 연락을 해줘 야겠는데….'

성소현은 부모님이나 일가친척이 없는 고아로 아카데 미 시절부터 기숙사에 머무르고 있었고, 졸업 이후에도 홀로 살고 있어 따로 연락해 줄 사람은 없었다.

다만, 지금은 이능력자 의사로서 병원에 근무하고 있 으니 최소한 병원에는 그녀의 행방을 알릴 필요가 있었 다.

'병원에만 대강의 상황을 이야기 해줘야겠네.'

이능력자가 깨달음을 얻게 되면 그에 적응할 시간이 필요하다는 것은 상식에 가까운 정보이기에 구구절절이 설명할 필요는 없었다.

성소현이 깨달음을 얻었다는 것은 굳이 숨길 필요가 없었기에 칼스타인은 그녀가 근무하는 병원에 어느 정도 의 상황은 이야기 해 줄 생각이었다.

'무슨 상황이 벌어질지 모르니 일단 깨어날 때까지는 지켜봐야겠군.'

자신의 아는 한도 내에서는 치료를 다 해주었지만, 아 직 초능력형 이능력자에 대해서 모든 것을 알고 있는 것

164

은 아니었기에 칼스타인은 그녀가 완전히 깨어날 때까지는 그녀 곁에 있을 생각을 하였다. 이왕 치료한 것 완벽을 기하고 싶었기 때문이었다.

❖

성소현을 치료한지 삼일이 지났을 때, 네 명의 남녀, 정확히 세 명의 남자와 한 명의 여자가 칼스타인의 집으로 찾아왔다.

"웬일이야?"

이미 익숙한 네 명의 얼굴에 칼스타인은 누군지 묻는 대신 왜 왔는지 물었다.

그리고 그 질문에 네 명 중의 대표로 보이는 잘생긴 30대 중반의 남자가 한 걸음 나서며 칼스타인에게 대답했다.

"이 헌터님. 저번 전투로 돈도 많이 버셨다고 들었는데 저희 좀 거둬주시면 안될까요?"

뒤에 있던 날렵한 체구의 남자가 그 말을 거들 듯 말을 이었다.

"야. 돈 이야기를 꺼내고 그래. 품위 없이. 이 헌터님, 거둬달라는 것은 월급 같은 것을 달라는 것은 아닙니다.

저번처럼 함께 수련만 할 수 있으면 아무것도 필요 없습니다."

날렵한 체구의 남자가 한 말에 건장한 체구의 남자가 말을 받았다.

"그래도 밥은 주실꺼죠? 헤헤."

"오빠! 여기서 무슨 밥 이야기야!"

이들은 연합회의 수호대를 배신했던 하현우가 이끌던 3조에서 마지막까지 의리를 지킨 네 명의 대원들로, 김한수, 유시현, 최재혁, 강이슬이라는 이름을 가진 대원이었다.

"흑영과의 전투는 끝난 거야? 아니 그것보다 거둬 달라니? 너희들은 다른 3조 대원들과는 달리 끝까지 남아 있었으니 수호대로 계속 있을 수 있는 거 아냐?"

칼스타인의 질문에 김한수는 머리를 긁적이며 대답했다.

"먼저 흑영과의 전투부터 말씀드리면, 뭐 전투라 할 것도 없었지요. 이 헌터님이 흑영의 수뇌부하고 핵심 인력들을 다 처리해 버리셔서 우리는 그냥 무주공산에 입성한 것이나 마찬가지였으니까요. 그래서 전투라 할 수 있는 것은 그 첫날에 다 끝났습니다."

"하긴 그랬겠군. 그런데 너희들은 왜?"

"그게…"

이어지는 김한수의 말은 다음과 같았다. 블랙머천트 연합회에서는 1조와 2조 그리고 3조의 남은 이 네 명을 가지고 수호대를 재편성하고 음지에 있던 이들을 연합회의 제 1 무력으로서 위상과 권위를 갖도록 양지로 끌어올릴 계획을 잡고 있었다고 하였다.

다만, 이 네 명을 제외한 다른 3조의 조원들은 배신은 하지 않았지만, 수호대로서 같이 하기는 힘들다고 판단해 수호대를 제외한 각자가 원하는 자리에 갈 수 있도록 배려를 해주었다고 하였다.

그러나 그 모습을 본 이 네 명은 마음이 편치 않았다.

"그간 쌓아온 정 때문에 우리가 의리를 지킨다고 그 때 결사항전을 마음먹었었지만, 애초에 수뇌부에서 1, 2조와 우리 3조를 차별한 것이 맞긴 맞았지 않습니까? 그런 상황에서 우리만 달랑 수호대에 남기는 좀 그렇더라구요. 그렇다고 다른 3조 애들처럼 수호대를 나와서 연합회의 다른 곳으로 가기도 그렇고…."

얼버무리는 김한수의 말을 이은 것은 날렵한 체구의 유시현이었다.

"처음에는 그냥 연합회를 나와 네 명이서 헌팅팀을 짤 생각이었지요. 그런데 저기 이슬이가 그러더라구요. 이 헌터님을 한 번 찾아가보는 것이 어떻겠냐고 말이죠."

유시현의 말에 강이슬은 어깨를 으쓱하며 자신이 잘하지 않았냐는 표정을 지었다.

이들은 수호대와 함께 수련할 때에도 가장 칼스타인에게 많은 질문을 던지고 많이 배웠던 네 명이었다.

적극적으로 수련에 임하는 만큼 칼스타인 역시 다른 대원들보다 이들과 기꺼이 시간을 보내곤 하였다.

그래서 수련이 끝날 때 즈음에는 거사가 끝나고 나면 술 한잔 같이 하자는 약속까지 잡았었다.

사실 술 약속이나 밥 약속을 한 대원들은 이들 말고도 많았지만, 유독 이들은 그 약속에 큰 의미를 부여하는 것 같았었다.

물론 칼스타인은 이들이 이렇게 찾아올 것이라고는 생각하지 못하였다. 아마 수련을 하던 당시에는 이들조차 자신들이 칼스타인에게 의탁을 할 것이라고는 생각하지 못했을 것이었다.

'흐음….'

유시현의 말을 끝으로 칼스타인은 잠시 생각에 잠겼다. 지금 이들의 말과 태도는 단지 식객으로 있겠다는 것이 아니라 자신의 수하가 되고 싶다는 이야기였다.

지금까지는 굳이 수하를 둘 필요를 느끼지는 못했지만, 사실 수하가 있으면 자신이 직접 나서지 않고 여러 가지 일을 처리할 수 있기에 믿을 만한 사람이라면 당연히 없는 것보다 있는 것이 나았다.

그리고 짧은 시간이었지만 이들은 칼스타인이 보기에 수하로서 나쁘지 않은 성정을 갖고 있었다.

더군다나 제천길드를 나오며 새로이 길드를 만들 것이라고 이야기 하였는데, 당시에는 그냥 탈퇴하기 위한 명분으로 길드 창설을 이야기 한 것이지 실제로 창설할 생각은 그리 없었다.

하지만 이들을 보니 정말 길드를 만들어도 될 것 같다는 생각이 들었다.

'처음 용병단을 만들 때 생각이 나는군.'

헤스티아 대륙에서 처음 용병단을 만들 때도 칼스타인까지 모두 다섯 명이서 용병단을 시작했었다.

간만에 옛날 생각을 하면서 칼스타인은 말을 이었다.

"나에게 뭘 기대하고 온지는 모르겠지만, 우리 집에 남는 방은 많으니 환영하마."

칼스타인의 말에 네 명의 헌터는 안도하는 표정과 함께 환호성을 질렀다.

"이야호!"

"역시 이 헌터님입니다!"

"내가 뭐라고 했어~ 이 헌터님은 받아주실 거라고

했자나. 히히."

그들의 말을 뒤로 칼스타인이 한마디 말을 덧붙였다.

"단!"

칼스타인의 단이라는 말에 네 명의 남녀는 긴장된 표정으로 칼스타인의 입을 바라보았다. 그런 그들을 한 번씩 훑어본 칼스타인은 말을 이었다.

"내 수하로 있겠다고 여기에 온 이상, 내 말을 거부하는 것은 용납 못해. 그렇게 할 거라면 언제든 떠나도록."

"당연하지요. 이 헌터님이나 우릴 내치지 마십쇼."

"혹시 시간 나시면 전처럼 수련은 도와주시는 거죠? 이 헌터님과 함께 했던 시간처럼 능력이 쑥쑥 늘었던 적이 없어서…."

"그런데 밥은 어떻게 먹나요?"

"재혁 오빠! 또 밥 이야기야? 에휴~ 못 말려…."

그렇게 칼스타인이 네 명의 새로운 수하들을 받아들여 한참동안 그들의 개인사를 포함한 이런 저런 이야기를 나누고 있었는데, 다시금 경비원이 손님의 방문을 알렸다.

"누구지? 오늘 올 사람은 없는데."

경비원의 말에 잠시 기감을 집중하여 문 앞에 있는 사람을 파악해보니 익숙한 기척이 칼스타인의 기감에 잡혔다.

'음? 이 여자가 웬일이지?'

방문자의 정체를 파악한 칼스타인은 경비원에서 방문자를 별채로 안내하도록 하였다. 얼마 지나지 않아 경비원의 인도로 또 다른 익숙한 얼굴이 현관을 열고 들어왔다.

"안녕하세요. 이 헌터님."

"이 대리가 여기에 무슨 일입니까?"

방문자는 바로 제천 길드에서 칼스타인의 전담직원으로 있었던 이지은 대리였다. 이지은은 평소와 같은 깔끔한 정장 복장을 한 채로 칼스타인 앞에 서 있었다.

"하나 여쭤 보고 싶은 것이 있어서 이렇게 찾아왔습니다."

"전화로 물어보면 될 텐데 찾아올 필요까지야… 뭐 어쨌든 이리 들어와요."

거실로 들어온 이지은은 처음 보는 네 명의 남녀가 있는 것을 보고 무슨 생각인지 그녀는 역시라는 표정으로 고개를 끄덕였다.

보통 선객이 있으면 나중에 찾아온다고 말하던가 다른 곳으로 자리를 옮기자고 하는 것이 일반적인 반응이겠지만, 이지은은 각각의 얼굴을 슬쩍 확인한 뒤 응접실의 남은 자리에 앉았다.

칼스타인 역시 이들을 이미 수하로 받아들였기에 굳이 자리를 피하라는 말을 하지 않았다.

그런 둘의 모습에 눈치 빠른 유시현이 먼저 칼스타인에게 말을 건넸다.

"대장님, 이 여자는 누굽니까?"

만일 비밀리에 할 이야기였다면 자신들에게 자리를 피하게 했을 것이지만, 그렇지 않았다는 말은 자신들이 들어도 크게 관계없을 이야기를 한다는 것이라고 재빠르게 판단한 유시현의 질문이었다.

"제천에 있을 때 내 전담직원이야. 아. 그리고 이 대리. 이쪽은 이번에 받아들인 내 수하들이야."

"안녕하십니까. 이지은이라고 합니다."

"전담직원이라고 하시더니 역시 미인이시네요. 하하. 김한수라고 합니다."

"유시현입니다."

"최재혁이라고 합니다. 언제 밥한끼 해요. 헤헤."

"오빠는 또 밥이야! 강이슬이에요."

서로 인사를 나눈 것을 확인한 칼스타인이 이지은에게 물었다.

"인사는 대충 됐고. 무슨 일이에요? 혹시 이들 앞에서는 하지 못하는 말인가?"

"아닙니다. 오히려 이분들이 있음으로 해서 말씀드리기 더 쉬워졌어요."

처음보는 사람이 있어서 말하기가 더 쉬워졌다는 말은 상식적으로는 이해가 가지 않는 대답이었다. 하지만 이어지는 이지은의 말에 그녀가 조금 전 한 말의 의미를 알 수 있었다.

"이 헌터님께서 제천길드를 탈퇴하시고 새로이 길드를 만드실 것이라는 이야기를 들었습니다."

"벌써 그 소문까지 난 거야?"

칼스타인은 제천에서 탈퇴하며 이지은에게 자신이 탈퇴한다는 사실은 그녀에게 알렸었다. 전담직원으로서 지속적으로 연락을 하는 관계이기에 그 정도는 알려주어야 했기 때문이었다.

하지만 자신이 새로이 길드를 만든다는 이야기는 하지 않았다. 어차피 실제로 만들 생각은 없었기 때문이었다.

그런데 어디서 그런 소문이 새어 나갔는지 이지은까지 이 이야기가 들어간 것이었다.

"네. 그래서 드리는 말씀인데, 저도 이 헌터님이 만드시는 길드에 가입할 수 없을까요?"

그제야 장중의 인물들은 이지은의 아까 전 대답을 이해할 수 있었다.

지금 이지은은 칼스타인을 제외한 전 수호대의 대원들을 그가 새로이 창설하는 길드의 맴버로 알았던 것이었다.

이지은의 이야기를 들은 칼스타인은 잠시 생각에 잠겼다. 김한수 등을 수하로 받아들이기로 한 이상 굳이 이들을 놀릴 필요는 없었다.

아까 전에도 잠시 길드를 만들면 좋겠다고 생각하지 않았던가? 다만, 길드를 창설한다는 것은 여러 가지 귀찮은 점들이 많기에 단지 생각만으로 그쳤었다.

그러나 이렇게 유능한 스텝이 한 명 같이 한다면 이야기는 달라졌다.

믿을 만한 직원이 서류 작업부터 사냥의 사전, 사후 처리까지 다 해준다면 굳이 길드를 만들지 않을 이유가 없었다.

만일 개인적인 이유로 사냥을 하지 않는 다 해도, 창고에 있는 장비를 팔면 수조원의 현금을 마련할 수 있기에 이들의 월급 따위를 걱정할 필요는 없었다.

'나쁘지 않겠는데? 어차피 S급 헌터 라이센스를 받으면 여러 기관에서 포섭을 명목으로 귀찮게 할 텐데. 미리 길드장이 되어 있으면 그럴 가능성도 적고.'

물론 길드장이 된다 해도 소규모 길드라면 길드 자체로

포섭을 하려고 할 가능성도 있지만 솔로 헌터보다는 포섭 시도 횟수가 적을 것은 자명하였다.

'뭐 귀찮은 일은 이지은과 이야기하라면 되겠지.'

이리 저리 생각해보아도 굳이 만들지 않을 이유가 없었다.

길드가 너무 커지게 되면 사람의 관리 문제라던지 하는 또 다른 문제가 생길 수 있지만, 일단 길드원이 아닌 자신의 수하를 자처하는 네 명의 헌터가 있고 길드의 사무를 보아줄 믿을만한 직원이 한 명 있다면 시작자체를 하지 못할 이유는 없었다.

'A급 헌터 세 명에 B급 헌터 한 명이라면 웬만큼 유명한 파티의 전력은 되겠군.'

굳이 칼스타인이 나서지 않는다 해도 A급 헌터인 김한수, 유시현, 최재혁에 B급 헌터인 강이슬이라면 적은 전력은 아니었다.

게다가 딜러인 김한수, 유시현, 탱커인 최재혁, 원거리 공격이 가능한 강이슬로 이루어진 파티는 구색 또한 나쁘지 않았다.

한참동안의 생각 끝에 결론은 내려졌다.

"그래. 가입하도록 해."

"감사합니다!"

이지은은 고개를 꾸벅 숙이면서 칼스타인에게 감사의 인사를 하였다. 전담직원이라는 인연으로 이렇게 당돌하게 찾아왔지만 별다른 질문도 없이 자신을 받아들여줄 것이라고는 생각하지 못했기 때문이었다.

"원하니까 받아주긴 했는데 왜 제천에서 나오려고 하는 거야? 제천이면 국내 5대 길드, 아니 3대 길드라 해도 과언이 아닌 곳인데 말이야."

"사실 벌써 그만 뒀어요…."

"음? 내가 안 받아주면 어쩌려고 했어?"

"…그랬다면 그냥 중소 길드에 면접을 보러 다녀야 했었겠지요…."

"그런데 왜 나온 거야?"

"…그게…."

칼스타인의 질문에 대답하려던 이지은은 뭔가 감정에 복받치는 일이 있었던지 갑자기 눈가가 충혈되었다.

한동안 말을 잇지 못하던 이지은은 어느 정도 감정을 추스렸는지 천천히 말을 하기 시작했다.

"…헌터님이 퇴사하고 나가시고 이틀 만에 저는 다른 헌터의 담당이 되었어요…."

이어지는 그녀의 말에 따르면 칼스타인이 나간 이후 그녀가 맡은 헌터는 5서클의 50대 중반의 마법형 헌터였다.

5서클이면 B급 헌터와 비슷하지만 아시아 쪽에는 마법형 헌터의 숫자가 그리 많지 않기에 보통의 B급 헌터보다는 우대를 받기에 전담직원이 배치된 것이었다.

문제는 50대 중반의 이 헌터가 여자를 밝히는 색정광이라는 것에 있었다. 사실 이것까지만 해도 큰 문제가 되는 것은 아니었다.

전담직원과 헌터간에 성관계를 하는 것이 그리 드문 것도 아니었고, 이지은 역시 만일 둘 간에 마음이 맞아서 일적인 관계를 넘어서 성적인 관계로 진행될 수 있다는 것을 주위 사례로 충분히 인지하고 있었기 때문이었다.

50대이긴 하였지만 보통의 이능력자들이 그러하듯이 마나의 영향으로 실제의 나이보다 훨씬 젊어보였기에 나이 차이를 크게 느끼지도 못해, 만일 시간이 흐르며 서로 간의 감정이 깊어지면 성적인 관계로 넘어가지 못할 이유는 없었다.

하지만 앞서 이야기 했듯이 이 자는 색정광이었다. 이 자에게 그런 감정의 교류 따위는 필요치 않았다.

단순히 여자를 성적 욕구 해소창구로 보는 이 마법사는 강제로 이지은을 취하려 하였고 당연히 이지은은 그 시도에 저항하였다.

만일 칼스타인이 이별의 선물로 준 아티팩트 [호신의 은장도]가 아니었다면 당시에 몸을 지키지 못했을 수도 있었다.

"그 때 이 헌터님께서 [호신의 은장도]를 주셨기에 간신히 도망 칠 수 있었어요. 그 일 이후 바로 회사에 공식적으로 문제를 제기하려 하였지만 묵살되고 말았어요. 당연히 회사는 저 같은 일개 스탭보다는 헌터가 중요하겠지요. 오히려 제가 사과 하지 않으면 나가겠다고 하는 바람에…"

여기까지 말하던 이지은은 기어코 눈물을 한 방울 흘리고 말았다. 그녀가 생각했던 지원 스탭으로서의 삶은 결코 그런 것이 아니었기 때문이었다.

뒷이야기는 듣지 않아도 알 수 있는 뻔한 내용이었다. 그렇게 그 일 흐지부지 된 이후로 호시탐탐 자신의 몸을 노리는 그 헌터를 피하려고 하다보니 이지은은 결국 길드를 그만 둘 수밖에 없었다는 그런 이야기였다.

"그렇군. 어디가나 그런 쓰레기는 있지. 여튼 고생 많았어."

칼스타인은 아직도 눈가가 붉어져 있는 이지은의 어깨를 두어 차례 두드리며 말했다. 그리고 그녀를 제외하고 유일한 여성인 강이슬은 분노를 감추지 못하며 그녀에게 물었다.

"그 새끼 이름이 뭐에요? 내가 아작을 내줘야겠어! 오빠들도 같이 할꺼지? 그런 새끼는 고추를 잘라버려야 한다니까!"

흥분하며 외치는 강이슬을 가만히 바라보던 칼스타인이 나지막한 목소리로 그녀에게 말했다.

"내 수하로 들어온다고 해놓고 벌써 개인행동을 하겠다는 건가?"

조용한 칼스타인의 말에 강이슬은 흠칫한 표정으로 더듬거렸다.

"아… 대…장님… 그게 아니라…."

"그렇게 개인 행동을 하고 싶다면 나가서 알아서 하도록 해."

강이슬은 자신의 말에 동의 할 거라고 생각한 칼스타인이 갑자기 무거운 분위기로 말을 잇자 당황해하며 주변을 둘러보았다. 김한수 등에게 도움을 청하는 것이었다.

하지만 강이슬이 믿고 있던 그들은 그녀의 눈을 피하며 딴청을 피웠다.

"오빠!"

그녀의 외침에 대답한 것은 칼스타인이었다.

"강이슬!"

"네… 대장…."

"수하가 된다는 것은 이런 의미이다. 네가 원하는 것이 있더라도 네 마음대로 할 수 없다는 뜻이야. 내가 원하는 대로 움직일 것이 아니라면 당장 이 집에서 나가도록. 너희들도 마찬가지야. 내 명령대로 해서 생기는 모든 문제에 대해서는 내가 책임지겠지만, 내 명을 거스르고 너희들 생각대로 하겠다면 나는 그 사후 처리를 할 생각도 없고 너희들을 데리고 있을 생각도 없다."

칼스타인의 단호한 말에 장중의 분위기는 무거워졌다.

"마지막으로 다시 말한다. 내 명에 따를 생각이 없다면 지금 이 자리에서 나가면 돼. 그런 수하는 없으니만 못하니까."

당연하겠지만 움직이는 사람은 없었다. 강이슬 역시 고개를 푹 숙이고 잘못을 뉘우친다는 모습을 보였다.

이지은 역시 자신의 일에 함께 분노해주는 강이슬이 고맙기는 하였으나, 자신 때문에 칼스타인이 제천과 척을 질 것이라는 생각자체를 하지 않았기에 그의 그런 태도에 전혀 상처받지는 않았다.

"가만히 있는 것을 보니 내 말을 알아들었다고 생각해도 되겠나?"

"네."

"넵!"

"이해했습니다."

각자 칼스타인의 말에 동의를 구하자 그제야 칼스타인
은 옅은 미소를 지으며 이지은에게 말했다.

"그럼 길드 등록 절차를 밟도록 해."

"네! 대장님!"

눈치가 빠른 이지은은 그새 김한수 등이 칼스타인을
지칭하는 말을 캐치하여 그를 대장이라는 호칭으로 불렀
다.

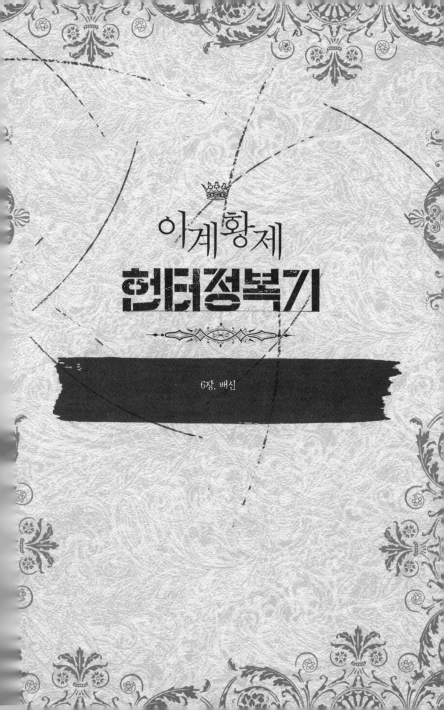

이계황제
헌터정복기

6장. 배신

6장. 배신

칼스타인은 일단 길드의 임시 본부는 자신의 집에 있는 별채로 정하였고, 이후 이들을 박정아에게 소개시켜 주었다.

박정아는 칼스타인이 자신만의 길드를 창설했다는 말에 또 한 번 감격의 눈물을 흘렸고, 그녀의 눈물에 잠시 분위기는 숙연해졌다.

"네가 S급에 올라 자신만의 길드까지 만들었다니… 아버지도 널 자랑스러워하실 거야…"

그런 박정아의 모습 옆에서 멤버 하나하나를 찬찬히 훑어보는 셀리나가 서 있었다. 무슨 생각을 하고 있는지 그녀의 표정은 재미있는 일이 생겼다는 표정이었다.

일단 일행들에게는 셀리나를 의탁할 곳이 없는 아버지 친구 딸 정도 소개를 해 놓은 상태였는데 그녀 역시 A급 헌터라는 말에 모두들 놀라는 표정을 지었다.

전설 등급 소환수니 S급이라 소개할 수도 있었지만, 아직 완전한 신뢰가 쌓이지 않은 상태에서 그들에게 모든 것을 오픈 할 필요는 없었다.

그렇게 인사를 나누고 다시 별채로 돌아오다 문득 이지은은 칼스타인에게 질문을 던졌다.

"대장님, 그럼 리나씨도 일단 우리 길드 소속으로 등록을 할까요?"

"일단 리나는 놔둬."

애초에 어머니의 호위처럼 사용할 생각이었기에 굳이 칼스타인은 그녀를 길드 소속으로 등재하여 정체를 외부에 공개할 생각이 없었다.

박정아에게까지 인사를 한 뒤 칼스타인은 마지막으로 이들에게 성소현이 별채에 머물고 있음을 알렸다.

만일 성소현이 정신을 차리면 돌려보낼 생각이었다면 굳이 이들에게 소개시킬 필요는 없었으나, 이왕 길드를 만들기로 한 것 칼스타인은 그녀에게도 길드원이 될 것을 권할 생각이었다.

그리고 칼스타인에게 막대한 호감을 갖고 있는 그녀가 그의 제안을 거절할 가능성은 매우 낮았다.

　그렇게 어머니를 포함한 집안 상황에 대한 대략적인 소개를 한 뒤, 칼스타인은 다시 그들을 거실로 불러 모아 입을 열었다.

　"난 잠시 나가야 할 일이 있으니 일단 오늘은 푹 쉬고 내일부터 수련을 하던지 하자고. 지은이 너도 오늘은 쉬고 내일부터 출근하도록 해."

　김한수를 비롯한 수호대 출신들은 딱히 머무를 곳이 없었기에 별채에 거주하게 하였지만, 이지은은 가족들이 사는 집이 있어서 굳이 칼스타인의 집에서 같이 살 필요는 없었다.

　"네, 알겠습니다."

　"혹시 몸이 근질근질하면 별채 뒤에 있는 연무장에서 간단한 훈련을 하는 것까지는 말리지 않을 테니 알아서 하도록. 아. 그리고 필요한 장비 같은 것이 있으면 미리 지은이한테 말해둬. 지은이 너는 내가 전에 사용하던 계좌의 연결 카드를 다시 줄 테니 알아서 처리하고 사후 보고만 해."

　칼스타인의 전담직원으로 있었던 이지은은 그가 귀찮은 것을 싫어한다는 것을 잘 알고 있었기에 자신에게 거

액의 돈을 맡긴다는 칼스타인의 말에 별다른 질문도 없
이 고개를 끄덕여 자신이 알아들었음을 표시하였다.

　사실 제천 시절부터 이지은에게 이미 수백억원대의 통
장을 맡겨보았고, 아무런 문제 없이 잘 관리 했다는 것을
알고 있는 칼스타인은 거액의 돈을 맡기면서 별다른 우
려조차 하지 않았다.

　어차피 지금 맡기는 돈은 칼스타인의 전체 재산을 보
면 푼돈에 불과 했기에 혹시 모르는 문제가 생긴다고 해
도 상관이 없었다.

　"그리고 강이슬, 너 역시 초능력형 헌터니까 내가 없는
동안 소현이의 상태를 체크해줘. 만일 긴급한 상황이 생
기면 일단 폭주하지 못하도록 임시조치만 하도록 하면
될 거야. 내가 돌아와서 봐줄 테니까."

　"네 알겠습니다. 대장님. 근데 얼마나 걸리시는 거에
요? 제 수준으로는 혹시 소현씨에게 문제가 생기면 그리
오래 대응하지는 못할 텐데…"

　"그리 오래 걸리지는 않을 거야. 오늘 밤 안에는 돌아
올 테니 너무 걱정 하지마."

　지금 칼스타인이 향하려고 하는 곳은 저번에 처리하지
못한 S급 몬스터홀이었다.

　처음에는 시간이 있다고 생각했지만, 홀브레이크 시즌

이 시작된 이상 언제 오픈 될지 알 수 없었기 때문에 할 수 있을 때 처리하려는 것이었다.

사실 성소현이 정신을 차릴 때 까지는 그녀 옆에 있으려고 했는데, 같은 초능력형 이능력자인 강이슬이 온 이상 혹시 그녀의 상황이 악화된다면 임시 조치는 할 수 있을 것이기에 칼스타인은 잠시 자리를 비워 몬스터홀을 클리어하려 하였다.

하지만 칼스타인은 그 뜻을 이루지 못하였다.

자리에서 일어나려는 칼스타인에게 누군가의 전화가 왔기 때문이었다. 바로 제천의 회장 제극명의 전화였다.

띠리리리리~ 띠리리리리~

"여보세요."

[이 헌터. 제극명이오.]

"지금 전화를 주신 것은 날짜가 잡힌 것입니까?"

이미 길드를 탈퇴한 칼스타인에게 제극명이 전화할 이유는 하나 밖에 없었다. 탈퇴하면서 이야기가 나왔던 S급 몬스터홀의 사냥에 대한 이야기일 것이었다.

[그렇다네. 다섯 시간 뒤에 시작하려고 하는데 괜찮겠나?]

"다섯 시간요?"

적어도 하루 전에는 알려줄 것이라 생각했는데 다섯

시간이라니 뜻밖의 대답이었다.

[너무 촉박하게 알려주어 미안하네. 나도 시간을 두고 알려주려고 했는데, 자네도 알겠지만 어제 자정을 기점으로 세계능력자협회에서 홀브레이크 시즌에 돌입했음을 선언했지 않나? 그래서 최대한 빨리 처리해야 할 것 같아서 이렇게 시간을 잡았다네.]

칼스타인은 사일 전 홀브레이크를 확인하였으나, 아직 홀브레이크의 빈도수가 그리 많지 않은 상태라 세계능력자연합회에서는 조사 끝에 어제서야 홀브레이크 시즌에 들어갔음을 선언한 것이었다.

때문에 지금 제극명의 말에 크게 어색한 점은 없었다. 다만, 칼스타인이 그의 말에 바로 대답하지 않자 그는 조심스럽게 칼스타인에게 재차 물었다.

[혹시 다른 약속이 잡혀 있는 건가?]

"…아닙니다. 그럼 어디로 가면 되겠습니까?"

[다행이구만. 몬스터홀의 위치 좌표는 자네 휴대전화로 전송하도록 하겠네. 그럼 그 때 보지.]

"알겠습니다. 조금 있다 뵙겠습니다."

띠링~

전화를 끊자마자 제극명에게서 몬스터홀의 위치 좌표가 전송되었다. 그리고 그것을 보는 칼스타인의 시선은 차갑게 가라앉았다.

'이미 홀을 구했다고 했었는데… 이 곳이라는 것은 말부터 뱉어 놓은 거란 말이군.'

지금 칼스타인이 보는 좌표는 그에게 익숙한 곳이었다. 불과 며칠 전에 그 앞에 있었고, 방금도 그 곳에 가려한 곳이었다.

바로 연합회에서 흑영을 유인했던 그 곳이었다. 칼스타인이 바로 처리할 것이라 생각한 연합회 측에서 별도로 은폐 결계 처리를 하지 않았기에 몬스터홀 브로커나 제천에서 고용한 정보원의 눈에 띄어 제천에게 넘어간 것으로 추측할 수 있었다.

문제는 칼스타인의 생각처럼 과거 대화에서 제극명은 이미 S-중급 몬스터홀이 있다고 하였다.

다만 준비 시간이 필요했기에 보름 정도라는 시간을 이야기 했었는데, 지금 보낸 문자를 보면 당시에는 홀이 준비되어 있지 않았다는 이야기였다.

그 말인 즉, 제극명이 일을 꾸미고 있다는 말이었다. 물론 당시 대화 할 때부터 심상치 않은 기색을 느껴 무언가가 있을 것 같다고 생각하고 있었는데, 지금 이 좌표를 보니 그가 음모를 꾸몄다는 것을 적나라하게 알 수 있었다.

'재미있게 되었군. 어느 정도까지 준비를 한 것일까?'

제극명이 아는 칼스타인은 S급 헌터라는 정보가 전부였다. 영웅 등급의 무구나 전설 등급의 소환수가 있는 것은 전혀 모르고 있었다.

거기다가 초월의 영역에 자유자재로 드나들며 검강까지 쓸 수 있다는 것을 모르는 이상, 제극명이 무엇을 준비했든 칼스타인은 그것을 파훼하고 그를 처단할 수 있을 것이라고 생각하였다.

❖

칼스타인은 약속시간 삼십분 전에 지정된 좌표의 몬스터홀에 도착하였는데, 그곳에는 이미 수많은 제천의 헌터들이 자리하고 있었다.

그의 도착을 확인한 제천의 헌터는 이미 말을 들었는지 칼스타인을 간이 천막이 펼쳐진 임시 본부로 안내하였다.

천막 안에는 십여명의 사람들이 이야기를 나누고 있었는데, 칼스타인의 등장에 가운데 앉아 있던 제극명이 그에게 말을 건넸다.

"이 헌터, 어서 오게나."

"반갑습니다."

인사를 건네며 칼스타인은 슬쩍 천막 안의 인원을 살펴보았는데, 제극명과 제성도 외에도 핏빛처럼 붉은 색의 가죽갑옷을 입은 30대 백인 남자에게서 강렬한 마나의 흐름을 느낄 수 있었다. 기세로 보아 마스터임이 틀림없었다.

칼스타인이 그의 정체를 묻기도 전에 제극명이 먼저그의 소개를 하였다.

"이 쪽은 레드아머 길드의 토리도 팀장이라네. 여기는우리… 소속 헌터였지만 지금은 퇴사한 이수혁 헌터네."

토리도라 불린 사내는 금발 벽안의 미남자였는데 제극명의 말에 환하게 웃으며 손을 내밀었다. 외국인이었지만 그의 입에서는 능숙한 한국어가 흘러나왔다.

"오. 반갑소. 토리도라고 하오. 이야기 많이 들었소."

"이수혁이라 합니다. 그런데 무슨 이야기를…?"

아직 S급 헌터 라이센스조차 받지 않아서 칼스타인이S급에 오른 것을 아는 사람들은 몇 되지 않았다. 그런 상황에서 이야기를 많이 들었다고 하니 칼스타인이 의문이든 것이었다.

그 말에 제극명이 어색한 웃음을 지으며 말했다.

"자네의 성장속도가 무섭도록 빠르다는 이야기를 했다

네. 그 이야기라네. 허허허."

뭔가 어색한 말투였지만 칼스타인은 개의치 않았다. 이미 그가 이곳에서 음모를 꾸미고 있다는 것을 알고 있었기 때문이었다.

제천의 일원이 아닌 토리도 팀장 역시 그 음모의 주재자 중의 하나임이 분명하였다. 그렇게 의심을 갖고 보니 이상한 점이 한 두 가지가 아니었다.

가장 먼저 이상해 보이는 부분은 토리도 팀장 뒤에 서 있는 한 쌍의 남녀였다.

이 둘은 토리도 팀장과 같이 붉은 가죽갑옷을 입고 있었는데, 기이한 마나흐름이 그들의 수준을 파악하는 것을 가로막고 있었다. 마법적인 조치가 들어갔음이 분명해 보였다.

이들은 40대 초반의 갈색머리 남자 한 명과 20대 후반의 금발머리 미녀로 적어도 이 임시본부에 들어왔다는 것은 이 두 명 역시 레드아머 길드에서 나름 수뇌부라는 의미였다.

하지만 토리도나 제극명이나 이들을 소개시켜 줄 생각은 없는 것처럼 보였다.

'이들과 뭔가를 꾸몄다는 것인데….'

칼스타인이 생각을 하는 동안 제극명이 말을 이었다.

"일단 토리도 팀장이 함께 하기로 된 이유부터 설명하는 것이 좋겠구만. 간단히 이야기하자면 토리도 팀장과 뒤에 있는 그의 팀은 이번 몬스터홀을 경험하기 위해서 온 것이라네."

"…경험 말입니까?"

"그렇다네. 이번 몬스터홀은 사막형 몬스터홀로 토리도 팀장의 팀은 아직 사막형 몬스터홀을 경험한 것이 없다는 구만. 아. 물론 A급 이하에서의 경험은 있지. 지금 말하는 것은 S급 홀에 대한 경험을 이야기 하는 것이라네."

제극명의 말에 칼스타인이 아무 말 않고 잠자코 있자 그는 이어서 입을 열었다.

"과거 우리 제천 역시 토리도 팀에 도움을 받은 것도 있고 해서 이번 제의를 받아들였다네. 사실 S-중급이야 우리 셋으로도 충분하겠지만, 혹시 모르는 상황에서 또 다른 마스터가 하나 더 있다면 위험을 줄일 수 있지 않겠나? 자네에게 미리 이야기 하지 못해서 미안하네."

제극명은 입으로는 미안하다고 하지만 전혀 미안한 표정은 아니었다.

비록 칼스타인이 함께 하기로 하였지만 애초에 이 행사는 제천 주도의 행사였고 주관하는 입장에서 추가적인 헌터하나 더 끼운다고 해서 문제될 것은 없었다.

칼스타인 역시 300억원에 달하는 주택의 구매를 대신해 준 대가로 함께 하는 것이고, 그 때문에 일말의 정산금 또한 받지 아니하기로 한 입장이기에 토리도의 참여를 거부할 명분이 없었다. 정황상 그것이 눈에 보이는 뻔한 함정이라 해도 말이다.

'어차피 여기서 싸우나 홀에 들어가서 싸우나 마찬가지지.'

아니 홀에 들어가서 싸우는 것이 나을 수도 있었다. 여기에는 수십 명의 다른 헌터들이 있었으나 홀에는 딱 열명, 칼스타인을 뺀다면 아홉 명의 헌터만 상대하면 되기 때문이었다.

또한 여기에는 다른 준비를 해 놓았을 수 있으나, 홀 안에는 별도의 준비를 할 수 없었을 것이었다.

"알겠습니다. 그럼 바로 준비하면 되겠습니까?"

"그러세. 일단 홀의 공략은 사막형의 기본 공략법으로 진행하기로 하고, 홀에 들어간 뒤 상황을 보고 공략 방식에 변화를 주는 것을 하지."

그렇게 이야기를 마치고 임시본부에서 나온 일행은 신비로운 빛을 뿌리고 있는 몬스터홀 앞에 섰다.

이번에 홀에 진입할 헌터들은 제극명, 제성도를 포함

하여 제천에서 여섯 명, 토리도를 포함한 그의 팀이 세 명, 그리고 칼스타인이었다.

먼저 제극명이 몬스터홀을 활성화 시키자 가장 먼저 제천의 A급 헌터 두 명이 앞으로 나섰다.

"그럼 먼저 들어가 있겠습니다."

보급품이 든 대형 공간 압축가방을 등에 멘 30대 중반과 후반의 헌터는 제극명이 활성화 시킨 몬스터홀에 진입하였다.

그들이 들어가고 나자 이번에는 임시본부에서 본 토리도 팀 소속의 남녀가 차례로 진입하였다.

임시본부에서 정한 순서에 따르면 이번에는 칼스타인이 들어갈 차례였기에 제극명을 칼스타인을 돌아보며 말했다.

"이 헌터, 자네 차례네."

"알겠습니다. 그럼 안에서 뵙지요."

칼스타인이 몬스터홀 안으로 들어간 것을 확인하자 제극명이 토리도에게 말했다.

"토리도 팀장. 이수혁이의 입장도 확인했는데 이제 정산해야하지 않겠소?"

제극명의 말에 토리도 역시 웃으면서 크게 고개를 끄덕였다.

"하하하. 당연하지요. 여기 있소. 한 번 확인해 보시오."

확인하라는 말과 함께 토리도가 꺼낸 것은 검붉은 색의 가죽 신발이었다. 생긴 모습은 그리 특이하지 않았지만 신발에서 새어나오는 은은한 은빛의 마나가 보통의 물건은 아닌 것처럼 보였다.

"이것이 [헤르메스의 신발]이오?"

"확인해보면 되지 않소? 각인 역시 해제한 상태니까 말이오."

제극명은 조심스럽게 신발을 건네받은 후 마나를 주입하여 아티팩트의 정보를 확인하였다. 분명 전설 등급의 아티팩트 헤르메스의 신발이 분명하였다.

실체를 확인한 이상 망설일 것은 없었다. 기존에 신고 있던 신발을 벗어 [헤르메스의 신발]을 신은 제극명은 조금 전 신고 있던 전투화의 모양으로 [헤르메스의 신발]의 각인을 마쳤다.

그렇게 각인까지 끝나자 주변의 분위기가 조금 풀리는 듯하였다.

사실 지금 몬스터홀 주변에 있는 수십 명의 헌터들은 사냥의 서포트를 위해서 온 것이 아니었다. 이번 거래에서 생길 혹시 모를 불상사를 방지하기 위해서 온 것이었다.

물론 모든 헌터들이 이 거래의 구체적인 내용을 알고 있는 것은 아니었지만, 일단 수뇌부에서 좋은 분위기로 거래를 마쳤다는 것 정도는 뻔히 보이는 장면이었기에 그들의 긴장도 같이 풀어진 것이었다.

"그럼 나도 그만 들어가 봐야겠소."

거래를 마친 토리도 팀장은 제극명에게 말을 건넸고, 제극명 역시 불만 없는 거래였기에 미소를 지으며 대답하였다.

"그러시오. 한국에서의 일은 우리가 마무리까지 잘 처리 할 테니 신경 쓰지 않아도 될 것이오."

제극명의 말에 고개를 끄덕인 토리도 팀장은 자신의 주변에 있던 다른 팀원들에게 눈길을 주었다.

토리도 팀은 조금 전에 들어간 두 명의 남녀를 제외하고도 네 명이 더 있었는데, 지금 이들은 수뇌부급은 아닌지 임시본부의 밖에서 대기하고 있었던 것이었다.

자신의 눈길을 받은 팀원들까지 들어가고 나자 토리도는 주변을 한 번 훑어본 뒤 마지막으로 제극명에게 간단한 목례를 하고 몬스터홀에 입장하였다.

토리도까지 몬스터홀에 들어가자 잠자코 있던 제성도가 제극명에게 말을 건넸다.

"저들이 진짜 [헤르메스의 신발]까지 내놓다니 의외로
군요. 이수혁의 입장만 확인하고 배짱을 부리지 않을까
염려했는데 말입니다. 다크클랜 녀석들은 워낙에 믿을
수가 없으니…."

"그래서 우리도 준비했지 않느냐. 힘이 없다면 충분히
우리를 물어뜯기 위해 고개를 돌릴 수 있는 녀석들이지.
뭐 그래도 전면전은 힘들 것이다. 저들이 아무리 국제적
인 조직이라 해도 '어르신'이 계신 지척에서 일을 벌일
수는 없을 것이야."

제극명이 지칭하는 어르신이 누구인지는 모르지만 그
가 어르신이라는 호칭을 할 때 한껏 존경의 태도가 담겨
져 있었다.

제성도 역시 그 어르신이 누군지 아는 것인지 제극명
의 말에 동의를 하며 고개를 끄덕인 뒤 말을 이었다.

"그렇죠… 다른 곳이라면 몰라도 어르신이 계신 한국
에서는 제 아무리 블러디문이라도 부담스럽겠지요."

레드아머 길드라고 밝혔던 토리도 팀의 정체는 바로
다크소울과 함께 세계 2대 다크클랜 중으로 불리는 블러
디문이었다.

레드아머 길드는 블러디문에서 운영하는 수많은 위장
조직 중의 한 곳일 뿐이었다. 그리고 그렇게 블러디문을

언급한 제성도의 말은 여기서 끝이 아니었다.

"그런데 블러디문에서는 이수혁이 정말 전설 등급의 아티팩트 정도의 가치가 있다고 판단한 것일까요? 아버지께서 [헤르메스의 신발]을 요구하셨지만 아버지 역시 그들이 그 제안을 받아들이기는 힘들 것이라 생각하셨잖아요."

"홀브레이크 시즌이 도래한 이상 마스터스리그까지 얼마 남지 않았지 않느냐. 하나의 전력이라도 올려야 하는 상황이니 조금 무리할 수 있겠지. 다만, 네 말처럼 [헤르메스의 신발]은 질러보는 정도의 제안이긴 하였지. 실제로는 [아케론의 반지] 같은 영웅 등급의 엘리트 아티팩트 정도면 충분히 만족하려고 했으니…."

고급 등급 이상의 아티팩트 중에서는 드물게 엘리트 아티팩트가 있었고 그것은 한 등급 위의 아티팩트보다는 못하였으나 분명 동급의 아티팩트를 능가하는 내재마나와 능력을 갖고 있었다.

제극명은 칼스타인을 넘겨주는 대가로 전설 등급 아티팩트인 [헤르메스의 신발]을 요구하였으나, 요구를 하면서도 그 요구가 받아들여 질 것이라는 생각은 별로 하지 않았다.

그래서 그들이 거절한다면 영웅 등급의 엘리트 아티팩

트로 요구를 낮출 생각이었다.

하지만 블러디문에서는 처음 제시한 3일의 시간을 훌쩍 넘은 십여 일의 시간이 지난 뒤 전격적으로 제극명의 제안을 받아들였다.

처음에는 3일이 지나도 블러디문에서 연락이 없자 제안이 거절 된 것이 아닌가하고 제극 명은 내심 걱정했었는데, 십여 일 후 블러디문에서 요구조건을 낮출 필요도 없이 자신의 제안을 바로 받아들이자 도리어 무언가 잘못된 것이 아닌가 하는 생각까지 들었다.

그러나 돌이킬 수는 없었다. 돌이킬 필요도 없었다. 그 정도로 [헤르메스의 신발]은 가치가 있는 기물(奇物)이었다.

"어쨌든 잘 되었습니다. 그 [헤르메스의 신발]이 우리 제천의 손에 들어오다니 세상 정말 모를 일이네요. 하하."

"그래. 이것이 들어온 이상 이번 마스터스 리그에서 조금 더 높은 성적을 기대해도 좋겠구나."

"그러게요. 그럼 돌아가시지요."

거래를 마무리한 제극명을 비롯한 제천의 헌터들은 홀을 지키고 있을 헌터 두 명을 제외하곤 모든 장비와 함께 철수를 시작하였다.

그렇게 철수를 하던 중 제극명은 뭔가 이상한 느낌에 마나를 돌려 주변을 감지하는 기감을 끌어올렸다.

'… 이상하군… 뭔가가 지켜보는 느낌이었는데….'

제극명이 갑작스럽게 마나운용을 하자 옆에 있던 제성도가 그에게 말을 건넸다.

"무슨 일입니까, 아버지?"

"아니야. 미약한 마나기척이 느껴져서 확인해본 것뿐이다. 마나에 변이된 짐승 같은 것이었겠지."

"그렇군요. 어쨌든 준비는 끝났습니다. 출발하시면 됩니다."

"그래. 그럼 가자."

제극명은 자리를 떠나기 전 잠시 멈추어 조금 전 자신이 마나를 보냈던 곳으로 마나를 집중하며 시선을 주었다.

하지만 철혈안까지 사용하여 아까보다 더 자세히 살펴보았지만 그 곳에서는 어떠한 기척도 느껴지지 않았다.

이내 마나를 거둔 제극명은 고개를 갸웃거린 뒤 이내 자리를 비웠다.

그렇게 두 명의 몬스터홀 가드만을 제외하고 모든 제천의 헌터들이 떠난 뒤 십여분이 지나자 제극명이 시선을 두던 쪽의 숲속의 한 구석에서 한 복면인이 일어났다.

특수한 위장막을 쓰고 있어 일반인의 시선으로는 잡을 수 없었고, 별도의 은신술까지 익히고 있는지 그리 멀지 않은 곳이었지만 가드들 역시 인영의 움직임을 알아채지는 못하고 있었다.

'역시 제극명… 그 잠깐의 기척을 잡아낼 줄이야. 그런데 정말 소속 헌터를 블러디문에 내어주고 [헤르메스의 신발]을 얻은 것이라는 말인가… [헤르메스의 신발]을 제천이 얻었다는 정보보다 이 정보가 더 유용할 지도 모르겠군. 크큭.'

제극명의 거래가 끝난 뒤 복면인은 제성도와 제극명의 대화를 듣기 위해 미약하게 마나를 잠시 활성화시켰는데, 그것을 제극명이 잡아내는 것을 보고 서둘러 특유의 은신술로 체내마나까지 자연기에 동기화 시켰었다.

어쨌든 이제 제극명이 떠난 것을 확인하였기에 그는 은신술을 풀고 조금 전의 상황을 정리했는데 문득 한 부분에서 의구심이 들었다.

'그건 그렇고 이수혁이라는 헌터와 눈이 마주친 것 같은데… 설마… 그 때는 마나를 활성화 시키키도 전인데… 내 과민 반응인가? 뭐 이제는 상관없겠지. 그럼 나 가볼까.'

생각을 정리한 복면인은 조심스럽게 뒤로 빠지려고 하

였는데, 갑자기 뒤에서 누군가의 인기척이 느껴졌다.

"역시 쥐새끼 한 마리가 있었군."

'제극명!'

신분 노출을 우려해서인지 복면인은 입을 열지조차 않았는데 제극명은 복면인의 소속을 알아보는 눈치였다.

"움브라 소속인가?"

"협!"

아무런 증거 없이 한 번에 신분이 노출된 것에 몰랐는지 복면인은 짧게 숨을 들이 쉬는 것으로 당황함을 표현하였는데 그것만으로도 제극명은 자신의 추측이 맞았음을 알 수 있었다.

"미네르바와는 좋은 관계를 유지하고 싶지만 이런 정보는 흘릴 수 없지. 아니 이런 정보를 막아야 좋은 관계를 유지할 수 있다고 하려나? 미안하군."

"이익!"

복면인은 재빨리 신발에 마나를 주입하여 이곳을 탈출하려 하였는데 제극명의 움직임이 더 빨랐다.

쉬익!

어느새 뽑았는지 제극명은 손잡이의 끝에 용머리가 조각 된 환도를 휘둘렀고, 복면인이 반항할 새도 없이 환도는 복면인의 머리를 잘라내고 말았다.

투욱~!

눈을 부릅뜬 복면인의 머리가 떨어지는 것을 확인한 제극명은 품속에서 조그만 약병을 꺼내어 복면인의 시체에 부었다.

부글부글~

강한 산성을 가진 약품인지 소량만을 부었음에도 복면인의 시체는 흔적도 남기지 못하고 사라지고 말았다. 그리고 손톱만한 푸른 돌을 꺼내더니 손가락으로 바스러트렸다.

우웅~

푸른 돌이 깨어지면서 반경 3미터 정도에 강한 마나파장이 발현되며 대지의 기억까지 날아가 버렸다.

사전에 몬스터홀을 중심으로 1킬로미터가 넘는 범위로 차단 결계까지 설정해 두었기에 이제 복면인의 이곳에 있었다는 흔적은 어디에도 남지 않았다.

이제야 만족스러운 표정으로 주변을 둘러본 제극명은 이제 거래의 당사자인 블러디문을 제외하곤 이 거래를 알 수 있는 사람은 아무도 없을 것이라고 생각했다.

칼스타인이 남긴 했지만 제극명이 알기로는 어차피 몇 달이 지나면 그는 블러디문의 사람이 될 것이니 관계가 없었다.

몬스터홀 안으로 들어온 칼스타인이 가장 먼저 본 장면은 제천의 두 헌터가 베이스캠프를 설치하는 모습이었다.

여기까지는 이상할 것도 없었다. 어느 몬스터홀을 들어오든 베이스캠프의 설치는 기본적인 사항이기 때문이었다.

문제는 몬스터홀로 들어오는 사람들에게 있었다. 정확히 말하자면 들어와야 될 사람이 들어오지 않았다는 점이었다.

이 몬스터홀의 정원은 10명이었고 제천은 다른 헌터들은 모르겠지만, 최소한 제극명과 제성도는 들어오기로 되어 있었다.

하지만 자신을 포함하여 9명의 인원이 들어올 때까지도 둘 중 누구도 들어오지 않았다.

'이들의 태도를 보아하니 애초에 숨길 생각이 없었군.'

원래 들어오기로 한 사람들이 들어오지 않았음에도 제천의 두 헌터를 포함하여 이미 들어온 9명의 헌터들은 그에 대해서는 아무런 말이 없었다.

아니, 그 말뿐만 아니라 어떤 말도 하지 않고 묵묵히
자신들이 할 일만 하고 있었다. 흔한 통성명 같은 것은
당연히 없었다.

얼마 지나지 않아 마지막 헌터가 몬스터홀에 들어오며
몬스터홀의 입구는 비활성화 상태가 되었다.

당연히 마지막으로 들어온 헌터는 레드아머길드 토리
도팀의 수장 토리도였다. 웃는 얼굴을 한 토리도는 칼스
타인과 눈을 마주친 뒤 입을 열었다.

"아직 아무런 대응도 하지 않고 있는 것을 보니 어느
정도 예상하긴 했나봐?"

"뭐 제극명이 음모를 꾸미고 있다는 예상이야 예전부
터 하고 있었지. 뜬금없이 네 놈들이 끼어드는 것까지는
몰랐지만 말이야."

담담한 칼스타인의 말에 토리도는 재미있다는 듯이 웃
으며 말했다.

"하하. 음모를 꾸미고 있는 줄 알았는데도 이렇게 순순
히 몬스터홀로 들어온 것인가?"

"밖에서 푸닥거리를 하는 것보단 안에서 하는 게 낫지
않겠어? 아무것도 모르는 녀석들을 불필요하게 죽일 필
요도 없고 말이야."

"자신감이 넘치는 군. 뭐, 자신감이 넘칠 만도 한가?

초월의 영역까지 자유자재로 드나들며 전설 등급의 소환수까지 있으니 말이야."

"음?"

뜻밖이라 할 수 있는 토리도의 말에 칼스타인은 잠시 멈칫할 수밖에 없었다. 초월의 영역도 그렇고 셀리나도 그렇고 토리도가 사전에 알 수 있는 정보가 아니었다.

제천에서 정보를 얻었겠지만 지금의 이야기는 제천에서도 알지 못하는 정보이기 때문에 칼스타인은 놀랄 수밖에 없었다.

특히, 셀리나를 언급한 부분에서 칼스타인은 다소 심각한 표정을 지었다.

'초월의 영역이야 흑영과 한 전투의 정보를 어디선가 얻었다고 생각할 수 있겠지만… 셀리나에 대해서 알 수 있을지는 몰랐군. 어디서 유출이 된 것이지?'

칼스타인의 표정을 본 토리도는 더 재미있다는 얼굴로 자신의 말을 이었다.

"왜? 우리가 알 것이라고 예상하지 못했나 보지? 여튼 이제 갓 마스터에 오른 것치고는 능력이 대단하단 말이야. 하긴 그러니까 무려 [헤르메스의 신발]을 포기하고 로드께서 널 얻어오라고 했겠지."

"[헤르메스의 신발]? 그리고 로드라… 대체 네 놈들은 누구지?"

보통은 뒤에서 음모를 꾸민 집단의 정체를 묻는 일은 쓸모없는 행동일 경우가 많았다. 너무나 당연하겠지만 그들의 정체를 스스로 밝힐 리가 없기 때문이었다.

하지만 지금의 상황은 조금 달랐다. 일반적이라면 벌써 전투가 일어났어야 하는 상황이었지만, 자신들이 칼스타인을 압도할 수 있다는 자신감의 표현인지 지금 토리도는 전투는 커녕 스스로 정보를 제공하고 있었다.

따라서 칼스타인은 당연히 이 질문에도 답해 줄 가능성이 높았다.

"이제 궁금한가? 하하하. 어차피 한 가족이 될 사이니 미리 말해두지. 우리는 블러디문에서 나왔다."

블러디문이라는 말에 내심 고개를 끄덕인 칼스타인은 한가족이 될 것이라는 말에 어이가 없다는 표정을 지으며 말했다.

"블러디문이라··· 그런데 한 가족? 내가 네 놈들 따위와 함께 할 것이라고 생각하는 것이냐?"

"크큭. 그건 네 의지와 상관없을 것이니 지금의 네 생각 따위가 중요하지는 않지."

이 말을 끝으로 토리도는 먼저 들어온 자신의 팀원들에게 눈짓을 주었다.

그 눈짓에 토리도 팀 중에서 나중에 들어온 네 명의 헌터가 품속에 있던 팔뚝만한 크기의 아티팩트를 작동 시켰다.

띄엄띄엄 서 있는 그들을 자세히 보면 그들은 일행 전부를 둘러싼 사각형의 대형을 하고 있었다. 그래서 지금 사용한 아티팩트에서 발현한 푸른 빛이 서로 이어지며 생긴 푸른 빛의 사각형에 일행 모두가 갇힌 꼴이 되고 말았다.

그렇게 만들어진 빛의 결계는 한눈에 보아도 강력한 힘을 가지고 있는 것으로 보였다. 평범한 간이 결계와는 차원이 다른 힘이었다.

"리안느. 네 차례다."

결계가 완성되고 나자 토리도는 먼저 들어온 두 명의 남녀 중 여자를 바라보고 말했다. 토리도의 말에 가볍게 고개를 끄덕인 리안느는 품속으로 손을 넣어 주먹만 한 크기의 펜던트를 꺼냈는데, 그 펜던트는 지금 만들어진 결계와 비슷한 기운을 발하고 있었다.

펜던트를 손에 쥔 리안느는 알아들을 수 없는 주문과 함께 펜던트에 마나를 주입하였다. 주문과 함께 일행을 둘러싼 결계의 힘이 펜던트로 몰렸고, 리안느는 펜던트를 쥐지 않은 왼손으로 칼스타인을 가리켰다.

"라페트리움!"

리안느라 불린 여마법사는 아직 7서클에 도달하지 못한 것 같았지만 다섯 아티팩트의 도움을 받은 이 마법은 평범한 7서클 마법에 들어간 마나보다 월등히 많은 마나가 들어간 마법으로 보였다.

그녀의 영창에 강렬한 마나를 느낀 칼스타인은 호신막을 끌어올려 대응하려 하였는데, 리안나의 손에서는 눈에 보이는 어떤 마법도 발현되지 않았다.

결계의 마나나 그와 합쳐진 펜던트의 마나를 볼 때 분명 상당한 수준의 마법이 발현 될 것이라 생각했는데 아무런 마법도 나오지 않자 칼스타인은 잠시 의아한 표정을 지었다.

그 순간 칼스타인은 자신의 정신으로 개입하려는 한줄기 강력한 마나의 흐름을 느낄 수 있었다.

'음? 정신계통의 마법인가보군.'

동원된 마나가 마나인만큼 정신마법은 칼스타인을 장악하기 위해서 그의 정신으로 진입하여 하였으나, 당연하게도 정신마법은 그 목적을 달성하지 못하였다.

7서클 마법, 아니 9서클 마법이라도 이미 홀로 오롯이 선 칼스타인의 정신을 침해할 수는 없을 것이기 때문이었다.

궁극의 경지를 넘은 10서클이라면 한번 다투어볼만 할까 그 밑의 마법으로는 굳건한 칼스타인의 정신에 생채기 하나 낼 수 없었다.

얼마간 버티던 정신마법은 결국 칼스타인 강력한 정신 방어에 막혀서 깨어지고 말았다.

푸흡~!

리안느는 마법 파훼의 반발력 때문에 피를 뿜으면서 정신을 잃고 앞으로 쓰러졌다. 만일 다른 도움 없이 스스로 사용할 수 있는 마법이라면 파훼의 반발력이 크다 하더라도 큰 내상을 입는 정도에 그쳤을 것이지만, 지금 리안느는 무려 다섯가지 아티팩트의 도움으로 마법을 완성시켰었다.

당연히 마법 파훼의 반발력도 클 수밖에 없었고, 결국 그녀가 감당할 수 있는 수준을 넘어서 지금 그녀는 생사지경에 빠지게 된 것이었다.

"리안느!"

그녀의 이름을 부르는 것은 그녀 옆에 있던 덩치 큰 남자였다. 황급히 리안느 옆으로 가서 그녀의 상태를 확인한 남자는 분노에 찬 얼굴로 칼스타인을 노려보더니 고개를 돌려 토리도에게 외쳤다.

"토리도님, 저 놈이 무슨 수를 썼는지 리안느의 정신

마법이 파훼되었으니 순순히 잡아가기는 틀렸지 않습니까? 일단 리안느부터 치료하고 저놈을 처단하지요! 목숨만 붙여놓는다면 대법에는 지장이 없을 것 아닙니까?"

"흠… 번거롭지만 그렇게 해야겠군. 가프, 일단 리안느에게 이걸 먹여."

토리도는 품속에서 주먹 반만한 크기의 나무통을 꺼내어 가프에게 건넸다. 나무통을 본 가프는 반색을 하며 외쳤다.

"[라비토의 수액] 이군요. 휴. 다행이네요. 저는 저놈들이라도 해치우고 피를 먹여야 하나라고 생각했습니다."

가프가 바라보는 것은 전장의 중심에서 다소 떨어져 있는 제천의 헌터 두 명이었다.

제천의 헌터는 그 말을 들었는지 눈동자를 굴리면서 자리를 피하려고 하였으나 어차피 이곳은 S급 몬스터 홀이었다. 고작 A급 헌터 2명이서 살아남을 수가 없는 곳이었다.

어쨌든 그들에게서 시선을 돌린 가프는 리안느에게 [라비토의 수액]을 먹였다. 파리한 안색의 리안느는 수액이 몸에 들어오면서 혈색이 돌면서 한결 편안한 표정으로 바뀌었다.

다만, 완전히 충격에서 벗어나지 못했는지 아직까지 의식을 회복하지는 못하고 있었다.

리안느의 상태가 호전된 것을 확인한 가프는 자리에서 일어서 고개를 양쪽으로 까딱거리더니 허리춤에 손을 올렸다. 그리고 이내 오른 손에 2미터가 넘는 크기의 대검을 소환하였다. 소환되는 과정을 보아하니 각인형의 아티팩트임이 분명하였다.

"무슨 수로 리안느의 정신마법을 이겨냈는지 모르겠지만, 내가 나선 이상 더 이상의 그런 수는 통하지 않을 거다. 듣기에 그렇게 실력이 좋다던데 본격적으로 한번 해보자고. 흑영의 마스터 두 놈을 처리했다고 너무 기고만장하지는 마. 나 역시 그 놈들 정도는 충분히 혼자서 처리할 수 있으니 말이야."

자신의 말을 마친 가프는 칼스타인이 대답하기도 전에 거대한 대검을 들고 순식간에 그에게 접근하여 검격을 뿌렸다.

콰앙!

마치 성난 멧돼지처럼 달려든 가프의 대검에는 강력한 검기가 서려있었고 칼스타인이 피해내자, 검을 돌리지도 않고 그대로 바닥을 가격한 것이었다.

그리고 공격은 이것으로 그치지 않았다. 그 강력한 공격이 마치 허초인 것처럼 가프는 오히려 반발력을 이용하여 검을 아래에서 위로 휘두르며 공격을 이어나갔다.

후웅~ 후웅~ 츠츳~

"멧돼지 같은 놈이군."

폭급한 가프의 돌진과 거력을 담은 공격에도 칼스타인은 얼굴표정하나 변하지 않은 채 그의 공격을 흘려 내거나 피해냈다.

"크큭. 쥐새끼 같은 놈이군. 네 놈이 언제까지 피할 수 있을 것 같으냐! 하압!"

자신의 공격이 칼스타인을 직격하지 못하고 계속 빗나가자 가프는 붉은 기운을 뿜어내는 자신의 검에 한껏 마나를 주입하였다. 바로 검에 담긴 내재기술을 사용하는 것이었다.

휘이잉~

어느새 내재기술이 발현하였는지 가프의 검은 그를 중심으로 강력한 소용돌이를 일으켰고, 가프를 제외한 주변의 사람들은 그 소용돌이의 흡력에 빨려 들어가는 것을 막기 위해서 힘을 써야만 하였다.

당연히 가장 가까이에 있는 칼스타인이 가장 많은 힘을 받고 있었다. 하지만, 칼스타인은 마치 그런 소용돌이가 없는 것처럼 처음과 같은 모습으로 가프의 공격을 받아주고 있었다.

얼마간의 시간이 지나고 소용돌이가 그칠 때까지도

가프는 여전히 칼스타인에게 유효한 공격을 가하지 못하고 있었고, 소용돌이가 그치자 칼스타인은 나지막이 한마디를 던졌다.

"다 끝났나? 자신 있게 말한 것에 비해 실력은 별론데?"

"크윽…."

칼스타인의 비아냥이 섞인 말에 가프는 대꾸하지 못하고 이만 악물었는데 이어지는 칼스타인의 행동에 그는 분노를 표현할 수도 없었다.

카앙~!

귀신같이 날아온 칼스타인의 검이 가프의 목을 쳐내려 할 때 어느새 가까이 다가온 토리도의 롱소드가 칼스타인의 검을 막아냈다.

"가프. 변신해라."

토리도의 말에 가프는 반색을 하며 잠시 뒤로 물러섰다. 대검을 소환 해제하여 허리띠로 돌린 그는 내부의 마나를 독특한 흐름으로 바꾸어 돌리더니 이내 폭발적인 마나를 뿜어내기 시작했다.

마나만을 뿜어내는 것이 아니었다. 신체의 변화도 동반했다. 2미터에 가까운 거구가 더 커지며 거의 3미터에 달하는 거인으로 변하였고 몸에는 주황빛 털까지 생기기 시작하였다.

주황빛 털의 군데군데 보이는 검은 줄무늬가 꼭 호랑이가 사람으로 변한 모습과도 같아보였다.

후방으로 물러선 가프가 변신을 꾀하자 칼스타인 역시 바로 토리도를 공격하는 대신 그의 변신 모습을 지켜보았다. 그의 변신이 칼스타인의 흥미를 끌었기 때문이었다.

'웨어타이거인가? 그렇다면 이곳에도 수인족이 있다는 것인데….'

헤스티아 대륙에도 특정조건이 되면 동물형의 몸을 가지는 수인족(獸人族)이 있었다.

흔하게 발견되는 인종은 아니었으나 과거 그들과의 교류를 해본 경험이 있는 칼스타인은 이런 수인화가 신기하거나 하지는 않았다.

'타이거족이라면 수인족 중에서도 최상급의 무력을 갖고 있었지. 이들도 그런 것 같군. 흑영의 두 마스터를 한번에 상대할 수 있다는 것도 무리한 자신감은 아니겠는데?'

이내 변신을 마친 가프는 호랑이의 얼굴을 한 채 히죽 웃으며 말했다.

"크큭. 이제 개운하군. 다시 한 번 해볼까?"

칼스타인의 생각을 아는지 모르는지 변신을 마친 가프

는 이번에는 대검을 꺼내지도 않은 채 맨손, 아니 날카로운 발톱을 드리운 손으로 칼스타인을 향해 공격을 해나갔다.

크와앙!

마치 호랑이의 울부짖음과도 같은 고함을 치며 칼스타인에게 달려든 가프는 육안으로 따라가기조차 힘든 속도로 칼스타인을 향해 양손을 휘두르기 시작했다.

특정한 무공이나 형식을 갖고 휘두르는 공격은 아니었다. 다만 너무나 빠르고 강한 공격이기에 스치기만 해도 치명상을 줄 것만 같은 공격이었다.

하지만 칼스타인은 이런 공격에 맞을 만큼 호락호락하지는 않았다. 집중력이 올라간 가프가 어느새 초월의 영역에 들어가 좀 전보다도 더 강하고, 더 빠른 공격을 가했지만 여전히 칼스타인의 움직임은 물 흐르듯 흐르며 가프의 공격을 피해내고 있었다.

"이익!"

"뭐 변신했다 해도 별 다르지 않군. 난 또 뭐 다른 것이 있나 싶어 기다려봤더니. 이제 그만 하지."

실망했다는 듯한 말투와 함께 칼스타인은 벨로스 소드를 무심하게 휘둘렀는데 가프는 그 공격을 피해낼 수 없었다.

자신의 공격이 빠지는 틈을 타고 절묘하게 끼어드는 검격이라 막아내기도 쉽지 않았다. 천상 마나를 올려 호신막을 올려서 방어할 수밖에 없는 공격이었다.

채앵~!

하지만 가프의 생각과는 달리 칼스타인의 검은 또 다른 검에 막히고 말았다. 이번에도 토리도가 둘 사이의 전투에 끼어든 것이었다.

초월의 영역에서 이루어지던 대결이었는데 이렇게 쉽사리 끼어든 것을 보니 토리도 역시 자유자재로 초월의 영역에 진출입이 가능할 정도의 강자임을 알 수 있었다.

아까의 공격은 토리도가 막을 만하다고 생각했는데 지금의 공격까지 막아낸 것은 조금 의외였기에 칼스타인이 흥미로운 목소리로 그에게 말을 건넸다.

"재미있는 것은 이 호랑이가 아니라 그 쪽이었군."

"하하. 로드께서 [헤르메스의 신발]을 주고라도 데려오라는 이유가 있었군. 가프로는 안 되겠어. 나와 한 번 어울려 보지."

"뭐 좋을 대로 해."

가프는 더 싸울 수 있다는 듯 으르렁거렸지만, 상급자인 토리도의 말에 거역할 수는 없었던지 뒤로 물러서야만 했다.

은빛 마나를 풍기는 두껍지 않은 검신의 롱소드를 손에 쥔 토리도는 허공에 한 차례 검을 휘두른 뒤 칼스타인에게 말했다.

"준비는 되었지?"

"항상."

"후후…."

쉬익!

바람소리와 함께, 아니 바람소리가 나기도 전에 움직인 토리도는 어느새 칼스타인을 검격의 사정거리로 몰아넣고 번개같은 검격을 쏟아냈다.

지금 토리도의 움직임은 수인화 된 가프의 움직임을 월등히 초월하였는데, 그래도 여전히 칼스타인에게 위협적이지는 않았다.

챙챙챙챙챙챙~!

토리도가 쏟아내는 검격을 피하며 받아치는 칼스타인의 얼굴에는 뜻 모를 미소가 그려져 있었다.

'이 정도의 전투는 오랜만이군.'

흑영의 두 헌터와 동시에 싸워도 보았지만, 그들 정도의 실력으로는 칼스타인은 아무런 흥미를 느낄 수 없었다.

조금 전 가프의 공격도 매섭기는 하였지만 정교한 맛

이 떨어져서 지루하다는 생각이 들었는데, 이 토리도의 검격은 단련된 투로와 경지에 달한 속도, 강렬한 힘까지 삼박자를 갖춘 훌륭한 검이었다.

시작부터 초월의 영역에서 벌어졌던 싸움이기에 그나마 경지에 오른 가프 정도만이 대략적인 상황을 파악할 수 있었지, 주변의 헌터들은 칼 부딪히는 소리 말고는 제대로 된 전투를 볼 수조차 없었다.

가프조차 전투의 밖에서 전투를 지켜보는 입장이었지만 검격 하나하나를 제대로 볼 수는 없었다.

'크윽… 토리도님과 박빙이라니… 리안느의 마법이 깨어지고 내가 허무하게 진 것도 무리가 아니었군… 우리 예상보다도 더 강자라는 이야긴데….'

전투가 진행되며 회피와 방어에만 집중하던 칼스타인이 날카로운 검격을 쏟아내기 시작했다.

승부를 내기 위해서 하는 공격이라기보다는 어느 정도 토리도의 투로를 확인한 칼스타인이 자신의 검격에 대응하는 투로를 확인하기 위한 검격이었다.

다만, 그것만으로도 토리도가 점차 수세에 몰리기 시작하였다. 그 모습을 지켜보는 가프의 눈은 더욱 가늘어졌다.

'허… 토리도님이 밀리시는 건가? 하지만… 토리도님

은 피의 격노를 사용하시지 않았으니 아직은 모르지.'

수세에 몰린 토리도는 크게 강렬한 검격을 한 번 펼쳐내어 칼스타인을 뒤로 물러나게 한 후 자신 역시 뒤로 빠져 기이한 흐름의 마나를 오른손에 담아 자신의 심장을 가격하였다.

두근두근두근두근!

무슨 짓을 한 것인지 토리도의 심장 소리가 모두에게 들릴 정도로 한동안 커졌고, 이내 소리는 잦아들었지만 그의 눈은 붉게 충혈되어 핏빛 안광을 발하고 있었다.

"피의 격노!"

토리도는 바로 가프가 생각했던 피의 격노를 행한 것이었다.

'호오. 조금 전보다도 훨씬 강해졌는데? 거의 그랜드 마스터가 되기 직전이라 해도 과언이 아니겠어.'

가용할 수 있는 마나량만 따지면 토리도의 마나량은 지금 칼스타인의 마나량보다 월등히 많다고 할 수 있었다.

하지만 같은 경지에서는 마나량이 절대적인 위력을 발휘하는 것은 아니었다. 오히려 마나의 제어력이 더 중요한 요소였고, 그 부분에서 토리도는 칼스타인의 상대가 되지 않았다.

'조금 전 조치로 그랜드 마스터에 올랐다면 조금 위험할 수도 있었겠군.'

칼스타인 역시 검강을 사용할 수 있다 해도 그 횟수는 무척이나 제한되어 있었기에 만일 온전한 그랜드마스터와 상대한다면 그 역시 위험을 감수하여야 했다.

하지만 지금 붉은 눈을 하고 달려드는 토리도는 아직 그랜드 마스터의 경지에는 오르지 못하였다.

그래서 붉은 마나를 드리운 롱소드로 파괴적인 공격을 가하고는 있지만 칼스타인에게 치명적인 일격은 아니었다.

쾅~ 쾅~ 콰강~ 쾅~~!

다만, 그 속에 담긴 기운이 보통이 아닌지 단순히 검과 검이 부딪힐 때마다 폭음이 터져나오며 주변까지 강렬한 마나의 잔재를 뿌려냈다.

토리도가 피의 격노를 사용하며 전투의 페이스는 점점 더 빨라졌는데, 칼스타인은 처음과도 같은 표정으로 같이 페이스를 끌어올리고 있었다.

"이익!"

잇소리와 함께 토리도의 붉은 눈에서 나오는 핏빛 안광이 점점 더 진해지며 그의 검에도 더 강한 힘이 실리기 시작했다.

하지만 그의 투로는 이미 칼스타인에게 다 읽혔고 더이상 특별할 것도 없었다.

"이제 끝내지."

"크큭. 그래 끝내자. 로드께 문책을 받더라도 끝내는 것이 맞겠어! 크하합!"

토리도는 온 몸에 적지 않은 상처를 입은 상태라 칼스타인은 그가 할 수 있는 모든 수를 다 내었다고 생각했는데 그의 말을 들어보면 아직 한수가 남아 있는 것처럼 보였다.

토리도는 자신이 가진 모든 마나를 지금까지와는 전혀다른 마나 흐름으로 자신의 검에 주입하며 검을 휘둘렀다.

"소울 크러쉬!"

토리도의 검은 좀 전까지 은색으로 빛나고 있었는데지금은 칠흑과도 같은 검은 색으로 물들어 있었다.

그리고 그가 검을 휘두르는 순간 그 검은 색의 기운이쭉 펼쳐지며 칼스타인을 덮쳐갔다. 물리력을 가진 일격은 아니었다. 상서롭지 못한 기이한 느낌의 검은기운은그것을 피해내는 칼스타인에게 순간이동을 하듯이 덮쳐졌다.

"흡!"

생각지도 못한 일격에 칼스타인은 긴급히 호신막을 돋웠는데, 이 공격은 전투의 시작에 감행되었던 리안느의 정신마법처럼 신체에 작용하는 공격이 아니었다.

토리도가 말한 공격의 이름처럼 영혼에 작용되는 공격이었다. 검에서 나온 이 기운은 피시전자의 영혼을 부수어버리는 일격이었다.

정신에 작용하는 마법이나 무구는 많아도 영혼에 직접 공격을 하는 마법이나 무구는 드물었다. 역시 전설 등급 아티팩트에 담긴 기술이라 할 만하였다.

하지만 토리도는 상대를 잘못 골랐다. 이 정도의 영혼 공격은 이미 스스로 완전한 칼스타인에게 먹힐 수 있는 공격은 아니었다.

당연히 소울 크러쉬의 일격은 리안느의 정신마법처럼 제 기능을 하지 못하고 사라지고 말았다.

챙~!

그리고 그 반발력으로 토리도의 검은 중간의 검신이 뚝 부러져버렸다.

"어… 어떻게…"

상상하지도 못한 상황에 토리도는 망연자실한 표정으로 중얼거렸다.

토리도는 원래 사로잡아야 하는 칼스타인을 로드에게

문책 받을 각오까지 하며 죽일, 그것도 영혼까지 부수어 죽일 생각이었는데 그를 죽이기는커녕 자신의 검이 부러져 버렸기에 전투의 의욕을 상실할 수밖에 없었다.

"꽤나 신기한 기술이긴 하지만 이걸로는 안 되지. 더 보여줄 것이 없으면 이제 그만 가라."

쉬익~! 툭!

순식간에 토리도의 옆으로 날아간 칼스타인은 손 안에 든 벨로스 소드를 휘둘러 토리도의 목을 끊어냈다.

토리도와의 대결에서 오랜만에 전투의 흥미를 느꼈던 칼스타인은 굳이 그에게 고통스러운 죽음을 선사하지 않았다.

소울 크러쉬가 파훼된 충격 때문인지 피의 격노가 끝난 후유증 때문인지는 알 수 없었으나 토리도는 별다른 반항을 하지도 못하고 칼스타인의 검에 목을 내주고 말았다.

사실 토리도를 잡아서 정황에 대해서 물어보고 싶은 것이 많았으나 마나흐름이나 전투 스타일로 판단한 그의 기질은 전투불능이 되었다고 해서 비밀을 토설할 것으로 보이지는 않았다.

더군다나 저기 멍하게 있는 가프나 이미 기절한 리안느 역시 나름 수뇌부로 보였기에 굳이 정보를 제공할 것처럼 보이지 않는 토리도는 처리하고, 그 둘에게서 정보를 얻는 것이 나을 것이라는 판단에서 행한 일이었다.

하지만 상황은 칼스타인의 생각처럼 돌아가지 않았다.

토리도의 목이 떨어진 순간 설마 그가 죽을 것이라고 생각하지 않아 그의 죽음을 멍하게 보고만 있던 가프와 아직도 정신을 차리지 못하고 기절해 있는 리안느에게서 격렬한 마나 반응이 일어났기 때문이었다.

"음?"

둘에게서 일어난 마나 반응은 주화입마와 비슷한 단순한 마나 폭주가 아니었다.

그들의 영혼을 구속하고 있던 무언가가 깨어지면서 그들의 영혼조차 같이 깨어지고 있었기 때문이었다.

'이런… 종속의 인(印)과 같은 마법이 작용하고 있었군.'

상황을 보아하니 토리도가 목숨을 잃는 경우, 가프와 리안느 역시 목숨, 아니 영혼이 부수어지도록 일종의 계약이 맺어져 있는 것 같았다.

'아마 그 계약이 둘에게 본신의 힘을 뛰어넘는 힘을 주었겠지.'

리안느야 한 번의 마법 이후로 쓰러져서 어느 정도의 역량을 갖고 있는지 확실히 알 수는 없었지만, 가프는 분명 자신의 힘을 제대로 컨트롤 하지 못하는 것으로 보였다.

마스터의 경지에 올랐음은 분명하였으나 그의 마나흐름이나 검술실력을 보았을 때 그 경지 역시 토리도의 도움으로 올랐을 것이라는 생각이 들었다.

'저 놈들을 잡아서 정보를 얻고자 했는데 틀렸군.'

아직 제천 소속 A급 헌터 두 명과 토리도팀 헌터 네 명이 남아 있지만 수뇌부가 아닌 저 들 정도로는 칼스타인이 필요한 정보를 채워주긴 힘들 것이었다.

'그런데 영혼을 대가로 힘을 얻으려고 하다니 무모하군. 저렇게 된다면 저들은… 음? 흐음… 가능성이 있을 것도 같은데… 한 번 확인해봐야겠군.'

무언가가 생각이 났는지 칼스타인은 영혼이 사라져 이미 식물인간 상태가 되어버린 가프와 리안느에게로 다가간 뒤, 그들의 혈도를 짚어 둘을 가사상태로 만들었다.

식물인간 상태에서는 생명조절장치를 달고 있지 않는 이상 신체가 얼마 버티지 못할 것이지만, 지금 칼스타인이 만든 가사상태에서는 마나 조절만 잘해주면 아무런 음식물의 주입이 없더라도 몇 달에서 몇 년까지의 시간을 버틸 수 있다는 차이가 있었다.

그들을 가사상태로 만든 뒤 일단 나머지 여섯을 불러 모았다. 이미 수뇌부가 저승길로 간 이상 이들은 반항할 생각조차 없었다.

어차피 S급 몬스터홀에서 도망칠 곳도 없었기에 잠자코 칼스타인의 말을 따랐다.

여섯 헌터를 불러 모은 칼스타인은 이들을 통해 정보를 캐내려고 하였지만, 자신의 생각처럼 그들이 아는 정보는 별로 없었다.

제천의 헌터들은 일이 끝나고 나면 상황에 대한 보고를 하라는 지시 정도 밖이었고, 토리도팀의 헌터들은 자신들이 블러디문 산하의 레드아머길드 소속이라는 것 외에는 아는 것이 거의 없었다.

정보를 토설한 여섯 헌터 중 토리도 팀의 헌터는 이미 자신들의 죽음을 받아들였는지 담담한 태도로 있었지만, 제천의 헌터들은 자신들이 아는 정보를 다 토해놓았다면서 살려달라고 빌기 시작했다.

하지만 자신의 목숨을 노리고 덤벼든 이들을 살려줄 칼스타인이 아니었다. 다만, 어차피 하수인이라 불필요한 고통을 줄 필요는 없었기에 한 칼에 이들의 목숨을 끊어버렸다.

"음?"

이 들 중 토리도 팀 소속 헌터 네 명을 해치우자 지금까지 칼스타인의 기감을 건드리던 묘하게 기분 나쁜 기척이 사라졌다.

크게 위협적이지 않아서 생각지 않았는데 지금 생각해 보니 이 기척은 전투가 시작했을 때 펼쳐진 결계에서 나온 기척과 비슷한 느낌이었다.

'설마 아직도 결계가 펼쳐져 있었나?'

처음 리안느의 아티팩트에 힘이 빨려 들어가며 결계가 다 사라진 줄 알았는데 지금 상황을 보니 결계가 다른 방식으로 작동하고 있었던 것으로 보였다.

궁금증이 생긴 칼스타인은 이미 죽은 네 헌터에게서 아티팩트를 회수하여 마나를 주입하여 보았다.

[장비 정보]

이름 : 파리아의 수호봉

등급 : 희귀

특징 : 마나증폭

기술 : 파리아의 성지(내재마나: 100/100, 소모마나:10, 중첩가능)

각각 파리아의 수호봉이라 이름 붙은 네 개의 강철봉은 마나를 증폭해 주는 기능을 가진 희귀 등급의 아티팩트였다.

다만, 파리아의 성지라는 내재기술이 특이하였는데, 이 기술은 성지의 내부와 외부를 차단하여 내부에서는 외부로 나가지 못하고, 외부에서는 내부로 들어오지 못하게 막는 기능을 하는 것이었다.

특히, 외부에서는 결계가 펼쳐진 곳을 인식하지 못하게 하는 기능마저 있었다.

그렇게 찬찬히 기능을 살펴보던 칼스타인은 어느 한 문구에 이르러 피식 웃음을 지을 수밖에 없었다.

그 곳에는 좌표를 교란하여 외부에서 오는 공간이동을 막을 수 있다는 문구와 함께 소환수나 정령의 소환 또한 막을 수 있다는 문구가 있었다.

'그러니까 이 결계를 나를 막는 것도, 몬스터를 막는 것도 아닌 결국 셀리나의 소환을 막기 위해서였던 것인가?'

하긴 전설 등급의 소환수 셀리나가 있다는 것을 알면서도 아무런 준비를 하지 않았을 리가 없었다.

문제는 칼스타인은 셀리나를 꺼낼 생각조차 하지 않았다는 것이었다.

'저 리안느인가 하는 여자가 이 아티팩트의 마나를 사용했었으니 완전 헛수고라고 할 수는 없겠지만 뭐 결과적으로는 헛수고였군. 근데 가사상태인 이 둘을 내버려

두고 몬스터홀 사냥을 하기 좀 그랬는데 잘되었군.'

몬스터홀에 들어온 이상 몬스터홀을 클리어 해야만 홀에서 벗어날 수 있었다. 그런 상황에서 가사상태인 가프와 리안느를 이곳에 두고 간다면 혹시 모를 몬스터의 먹이감이 될 가능성이 있었다.

물론 이들이 꼭 지켜야 할 만큼 중요한 존재들은 아니었다. 하지만, 칼스타인의 생각처럼 된다면 상당한 쓸모가 있을 녀석들이었기에 그냥 내팽겨 쳐 두기는 좀 그랬는데 이 [파리아의 수호봉]의 내재기술을 사용한다면 충분히 이들을 지킬 수 있게 되는 것이었다.

생각을 마친 칼스타인은 자리를 비우기 전 일단 죽은 헌터에게서 쓸만한 아티팩트와 도구들을 갈무리 하였다.

굳이 비싼 아티팩트들을 여기에 묻고 갈 필요가 없었기에 당연한 승자의 권리를 행하는 것이었다.

다만, 토리도의 아티팩트는 귀속형이었는지 아티팩트가 남아있지 않았다.

'역시 쓸만한 아티팩트는 다 귀속형이군. 그래도 가프와 리안느라는 마법사에게서 각인형 아티팩트를 하나씩 얻었고… 게다가 리안느는 로브 또한 영웅 등급 아티팩트이니 수입이 쏠쏠하군.'

경지에 오른 능력자라도 일반적으로 영웅 등급 이상의 아티팩트는 두 개 이상 사용하는 경우는 거의 드물었다.

그것은 둘 이상의 영웅 등급 아티팩트를 사용하는 경우, 각 아티팩트에서 나오는 마나흐름이 상충되며 자신의 마나흐름에 방해를 주기 때문이었다.

희귀 등급 이하에서는 내재마나나 아티팩트의 마나흐름이 그리 크지 않기에 별다른 영향을 주지는 않지만, 영웅 등급 이상의 아티팩트는 하나하나의 아티팩트가 강력한 내재마나를 가지고 있어 둘 이상을 동시에 사용하면 오히려 하나만 사용하는 것보다 못한 결과가 나올 수도 있었다.

하지만 모든 법칙엔 예외가 있었다. 마나 컨트롤이 좋은 헌터들은 다른 두 개 이상의 영웅 등급 아티팩트를 사용할 수 있었는데 리안느가 사용한 아티팩트를 보니 그녀가 바로 그런 헌터인 것 같았다.

물론, 칼스타인의 마나 컨트롤이라면 그 역시 충분히 여러 아티팩트를 사용할 수 있는 능력이 있었지만, 그에게는 엘리니크가 만들어준 반지가 있기에 많은 아티팩트가 필요가 없었다.

어쨌든 리안느의 마나컨트롤 덕분에 지금 칼스타인은 세 개의 영웅 등급 아티팩트를 확보한 상황이었다.

'어쨌든 이번 사냥도 수입이 괜찮군. 여기는 정리를 했으니 일단 홀 클리어부터 하고 넘어가 봐야겠군.'

전리품의 수집을 마친 칼스타인은 아까 얻은 [파리아의 수호봉]의 내재기술 파리아의 성지를 발동하였다.

수준이 낮은 헌터야 아티팩트와 접촉하고 있을 때에만 아티팩트를 활용할 수 있을 것이지만, 칼스타인인 정도의 능력자는 자신의 마나를 잔류시켜 자신이 자리를 비우더라도 잔류마나가 존재하는 동안은 지속적으로 아티팩트의 기술을 활성화 할 수 있었다.

파리아의 성지가 발동 된 것을 확인한 칼스타인은 가벼운 발걸음으로 몬스터를 사냥하기 위해 걸음을 옮겼다.

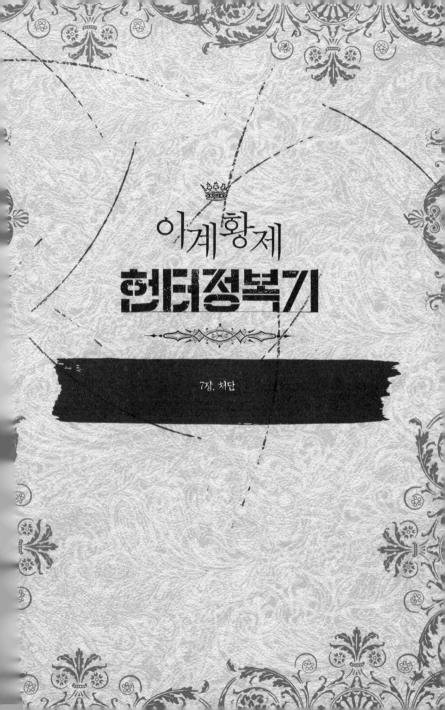

이계황제
헌터정복기

7장. 처단

7장. 처단

네 명의 복면인이 나무가 우거진 숲 속에 서서 바닥을 살피고 있었다. 복면인은 모두 검은 계통의 옷을 입고 있었는데, 세 명과 다른 한 명의 옷차림은 다소 달라보였다.

좀 더 자세히 말하자면 세 명의 복면인은 전투복이라 할 수 있는 복장이었지만, 다른 한 명은 은신복에 가까운 복장이었다.

그리고 또 다른 것이 있었다. 세 명의 복면인은 이마부분에 조그만 단도가 그려져 있었는데 다른 한 명은 그 단도의 문양이 없었다.

그 이마에 단도 문양이 그려진 세 명의 복면인 중 단도의 검신이 은빛으로 빛나는 복면인이 입을 열었다. 한국인은 아니었던지 그의 입에서는 영어로 된 말이 자연스럽게 흘러나왔다.

"파순. 여기가 확실한 것이냐?"

파순이란 불린 복면인은 네 명 중에서 단도문양이 없는 복면인이었다.

"네, 3조장님. 티카가 마지막으로 보낸 신호는 여기가 분명합니다."

이들이 서 있는 이곳은 얼마 전 제극명이 미네르바 소속의 요원을 해치운 바로 그 곳이었다.

제극명은 여러 방면에서 추적을 차단할 수 있는 조치를 하였지만, 미네르바는 세계 제일의 정보조직답게 그런 상황에서도 자신의 상황을 알리고, 정보를 보존해서 전달하는 조치가 되어있는 것 같았다.

아나나 다를까 3조장이라 불린 남자는 파순에게 말을 건넸다.

"여기가 확실하다면 어서 정보를 회수하거라."

"네. 조장님."

3조장의 말이 끝나자 파순은 바닥에 가부좌를 틀고 앉더니 마나를 끌어올리기 시작했다.

잠시 미간을 찌푸리며 집중에 집중을 거듭하던 파순은 마나를 끌어올린 양 손으로 수인(手印)을 맺더니 티카가 죽었을 것이라고 추정되는 장소로 마나를 보냈다.

약간의 시간이 지나자 그 곳에서는 희끗한 기운이 떠올랐고 이내 파순 쪽으로 향해 그의 코로 스며들어갔다.

부르르르~

흰 기운을 받아들인 파순은 마치 오한이 든 것처럼 한동안 온 몸을 떨다가 얼마 지나지 않아 큰 한숨을 내쉬며 번쩍 눈을 떴다.

"끝난 것이냐?"

"네, 그렇습니다."

서로 맡은 일이 다른 것인지 3조장은 파순에게 어떤 정보를 얻었는지 물어보지는 않았다. 파순 역시 그런 3조장의 태도를 당연히 여기며 품속에서 주먹만한 수정구를 꺼내더니 그 곳에 마나를 주입하였다.

수정구는 아티팩트 특유의 마나 흐름은 보이지 않았다. 아마 마법사들이 만들어 낸 마법물품으로 추정되었다. 파순은 이 수정구를 통하여 자신이 조금 전 획득한 정보를 미네르바 본부에 전송하였다.

누가 이 정보를 받아서 사용하는지에 대한 여부는 파순이 관여할 바가 아니었다. 그의 임무는 정확한 정보를 획득해서 전달하는 것으로 끝이었다.

"이제 다 끝났습니다."

"그래, 그럼 돌아가자."

3조장의 말에 지금까지 잠자코 있던 또 다른 복면인이 그에게 물었다.

"저들은 어찌할까요? 처리할까요?"

그 복면인이 가리키는 곳에는 두 명의 헌터가 쓰러져 있었다. 제천에서 몬스터홀 가드로 남겨두었던 두 헌터였다. 복면인의 말에 3조장은 가볍게 고개를 저으며 말했다.

"우리의 정체를 알지도 못하는 데 굳이 그럴 것은 없지. 일단 우리가 떠나고 나면 깨어나도록 조치하도록."

"네, 알겠습니다. 조장님."

그렇게 말을 마친 3조장은 품속에서 조그마한 마나 결정을 터트려 대지의 기억을 날린 후 입을 열었다.

"그럼 가자."

파순이 보낸 정보를 보고 있는 사람은 바로 얼마 전 칼스타인과 흑영과의 전투를 보았던 양쪽 귀끝이 뾰족한 금발의 미녀였다.

'흠… 제국명이 이 정도로 기감이 좋을 줄을 몰랐군. 움브라의 요원까지 잡아내다니… 거기에 [헤르메스의 신발]까지 각인하였으니 한 등급 상향 평가해도 되겠어. 그건 그렇고, 토리도까지 나설 줄이야. 아직 완전히 영글지 않은 이수혁이 과연 블러디문의 제 5대행자를 상대할 수 있을까?'

미네르바의 일원답게 그녀는 토리도의 정체 역시 파악하고 있었다. 다만, 몬스터홀 속을 볼 수는 없었기에 이미 토리도가 죽었다는 것까지는 모르고 있었다.

영상을 이리저리 살펴보며 그녀의 생각은 계속 이어졌다.

'만일 토리도가 이수혁을 확보하지 못한다면 일이 재미있게 되겠는데? [헤르메스의 신발]까지 포기한 마당에 토리도까지 잃는다라… 블러디문의 로드가 가만히 있지 않겠어… 후훗….'

칼스타인의 사진을 띄워 놓은 채 그와 관련된 정보를 확인하던·금발 미녀는 한 부분에서 잠시 멈추며 다시 생각을 정리하였다.

'아. 그렇지, 어차피 다크소울에서도 자신들의 한국 내 조직을 파괴한 뇌전마녀를 찾고 있으니 그녀가 이수혁의 소환수라는 것을 그들에게 알려도 재미있는 상황이 벌어지겠군. 백가주가 있으니 함부로 나서지는 못하겠지만, 그래도 꽤나 원한이 쌓인 것 같으니 잘하면 암흑객을 볼 수도 있겠어….'

보던 영상을 닫고 다시 로브를 둘러 쓴 금발 미녀는 방을 나서기 전 마지막으로 생각을 마무리하였다.

'뭐, 모든 것은 이수혁이 블러디문의 손에서 살아난다는 가정 하에서 벌어지는 일이겠지만… 왠지 그가 살아날 것 같단 말이야….'

그녀의 머릿속에 비친 마지막 장면은 의지 견정한 이수혁, 아니 칼스타인의 눈빛이었다. 처음 보는 얼굴이었지만 왠지 그 눈빛만은 낯이 익다는 생각이 들었다.

❖

금발 미녀 여인은 토리도의 죽음까지는 알지 못했으나 여기 토리도의 죽음을 알고, 아니 느끼고 있는 사람이 있었다.

바로 블러디문의 로드였다. 그는 30대 중반 정도의 갈색머리 미남자로 토리도가 죽는 그 시점, 자신의 왼쪽가슴에 오른손을 올리며 약한 신음성을 내뱉었다.

"음…."

그의 신음성을 들은 40대 중반의 장년인이 조심스러운 말투로 그에게 물었다.

"로드. 무슨 일이십니까?"

"흠… 토리도가 죽었다."

갑작스러운 로드의 말에 장년인이 깜짝 놀란 표정으로 그에게 반문하였다.

"네? 무… 무슨 말씀입니까?"

"피의 맹약이 끊어졌다. 맹약이 사라진 것이 아니라 맹약의 당사자가 사라진 것이지."

토리도를 비롯한 블러디문의 대행자들은 로드와 피의 맹약이 맺어져 있었다. 그래서 맹약이나 맹약 당사자에게 제가 있는 경우에는 맹약의 주체가 그것을 파악할 수 있었다.

"그렇다면…."

맹약 당사자가 사라졌다는 말에 장년인도 상황을 이해한 듯하였고, 그의 말을 확인시켜주듯 로드가 한 번 더 토리도의 죽음을 선언했다.

"그래, 토리도는 확실히 죽었다."

"토리도는 한국에 임무를 하러 간 것인데… 설마 천무에서 나선 것입니까?"

"천무 짓은 아니다. 십중팔구 이수혁이라는 헌터에게

죽음을 당했을 것이야. 몬스터홀에 들어가기 직전 [헤르메스의 신발]에 관한 거래를 마치고 몬스터홀로 들어간다는 보고가 있었다. 아직 몬스터홀에서 나왔다는 보고는 없었으니 아마 그 안에서 죽임을 당했을 것이다."

"허… 로드께서 [헤르메스의 신발]을 내어주라 하셔서 기대치가 높으신 것 같다는 생각은 했는데 우리 대행자 중 하나인 토리도까지 해치울 정도인 것은 몰랐습니다."

"그래. 나도 마스터에 든 시기를 생각하면 토리도 정도면 충분할 것이라 생각했는데 착오였나 보군. 내 예상을 벗어나는 놈이라… 좋아. 더 흥미가 생기는 군."

로드는 토리도의 죽음을 안타까워하기 보다는 칼스타인이 자신의 생각보다 더 강하다는 것에 만족감을 느끼는 듯해보였다.

그래서 그는 바로 칼스타인을 다시 잡기 위한 계획을 말했다.

"…토리도를 잡아낼 정도라면, 그 녀석을 생포하기 위해서는 바르바와 레시드를 함께 보내야겠군."

바르바와 레시드라는 말에 옆에 있던 장년인이 잠시 생각을 하다가 입을 열었다.

"로드. 이미 상당히 알려진 그 둘을 함께 보낸다면 천무를 자극하지 않겠습니까? 그들과 전면전을 할 것이라면 모르되 그것이 아니라면 오히려 역효과가 날 것 같습니다."

"하긴… 그럼 제피르 네 생각은 어떠냐?"

"차라리 알려져 있지 않은 아몬을 보내는 것은 어떻겠습니까? 거기에 그나마 알려진 페이카 정도를 붙인다면 페이카만 알고 있는 천무에서도 크게 반발하지는 않을 것 같습니다."

제피르의 말에 타당성을 느끼는지 로드는 오른손으로 자신의 턱을 쓸어 만지며 잠시 생각하다가 고개를 끄덕이며 말했다.

"흐음… 그래 네 말이 맞겠군. 아몬이라면 너 다음가는 실력자니 그 둘의 몫 이상을 해줄 수 있겠지. 하지만 아몬은…."

"아. 아직도 그 상태입니까?"

그 상태라는 제피르의 말에 고개를 갸웃거리던 로드는 이내 결단을 내렸는지 제피르에게 말을 건넸다.

"그 상태는 지났는데… 흐음… 하긴 이제 어느 정도 안정기에 들었으니 테스트를 해볼 때도 되었지. 그래 아몬을 보내지. 제피르, 아몬을 데려오너라. 내가 직접 만나서 이야기를 전하지."

"네, 알겠습니다. 로드."

푸하학!

사방에 몬스터들의 시체가 가득한 곳에서 칼스타인은 마지막으로 서 있는 10여미터가 훌쩍 넘는 몬스터의 목을 잘라내었다.

지금 목이 잘린 몬스터는 용족의 일종이긴 하였으나 날개가 없는 공룡의 한 종류로 보이는 몬스터였다.

지능이 그리 높아보이지는 않았으나 그래도 용족인지라 엄청난 체구와 마나량을 갖고 있었는데, 검강을 발현한 칼스타인의 한 칼에 목이 날아가 버리고 말았다.

검강까지 사용할 필요가 있는 몬스터는 아니었지만, 이미 다른 몬스터들은 다 처리하였기에 굳이 시간을 끌필요가 없다는 생각에서 한 수를 보였던 것이었다.

'중급 홀이라 변종을 기대했는데 아깝군.'

10인용 홀이다보니 몬스터의 개체수는 꽤나 많았지만 정작 중요한 S급 몬스터는 세 개체에 불과하였고 그것도 변종이 아닌 일반 몬스터였다.

모든 몬스터를 다 처리한 칼스타인은 몬스터들의 마정석을 재빨리 회수한 뒤 전장에서 약간 떨어진 곳에서 전과 같은 방식으로 마정석을 흡수하기 시작하였다.

후우우웅~

수십개의 마정석 중에서는 S급 몬스터의 마정석이 세 개나 포함되어 있어, 그 마나를 한번에 흡수하는 칼스타인을 중심으로 맹렬한 마나의 폭풍이 일어났다.

하지만 폭풍의 중심에 있는 칼스타인의 표정은 너무도 평온하고 잠잠하였다. 한참의 시간이 지난 뒤 마나 폭풍이 잦아들고 칼스타인은 번쩍 눈을 떴다.

'역시 S급 정도는 흡수해야 기별이나 살짝 오는군. 이제는 SS급을 노려야 할 땐가?'

SS급의 몬스터라면 실체화된 마나를 사용할 수 있는 몬스터로 인간으로 치면 그랜드마스터급의 헌터와도 비견되는 몬스터였다.

칼스타인은 쉽게 생각했지만 과거 SS급의 몬스터가 출현한 일본은 전 국토의 반 이상이 파괴되었다는 점을 본다면 이 몬스터는 국가단위의 재앙이라고 보아도 과언은 아니었다.

사실 SS급의 몬스터는 대규모 몬스터 웨이브가 나타난 남극 대륙, 러시아의 북부, 호주, 아프리카에서나 드물게 볼 수 있었지, SS급의 몬스터홀도 드물었고 일반적인 레드존에서는 찾기도 힘든 몬스터였다.

'상태창.'

하나의 S급 몬스터홀을 그 혼자 온전히 처리하였기에 칼스타인은 얼마의 카르마포인트를 얻었는지 확인하기 위해서 상태창을 열었다.

[기본정보]

이름 : 이수혁, 등급 : SF,

카르마포인트 : 10,004,177/10,104,177, 상태 : 정상

[능력정보]

신체능력 : SD, 정신능력 : X(측정불가), 마나능력 : SD

[기술정보 (타입: 무투형)]

혼원무한신공(SS) 85/92, 혼원무한검법(SS) 72/95, 카이테식 검술(S) 85/100, 파르마탄식 체술(S) 81/100, 아리엘라식 검술(S) 84/100, 알테아식 마나수련법(S) 77/100, 리하트식 마나수련법(S) 87/100, … , 백목심안 (B) 89/100

[귀속정보]

환수 썬더버드[셀리나] (전설)

'호오. 드디어 포인트가 천만이 넘어섰군. 상점을 한 번 볼까?'

역시 그의 추측대로 카르마포인트가 천만점을 넘기자

A급 무공들에 대한 열람이 가능하였다. 다만, 지금 당장 필요한 무공은 없기에 일단 상점 창을 닫았다.

'탐색 무공이야, 백목심안의 숙련도를 100까지 채우면 또 승급할 수 있을 테니… 그건 됐고… 흐음… 차라리 마법이나 술법 쪽이 구매 가능하면 좋겠군.'

하지만 이것은 칼스타인의 희망사항일 뿐이었다. 시스템 상 무투형으로 분류된 칼스타인에게 마법형이나 초능력의 능력은 상점에 나와 있지 않았기 때문이었다.

'일단 돌아가자. 만일 내 생각대로 된다면 꽤나 쓸만한 전력을 구할 수 있을 테니 말이야.'

시스템의 상태창을 모두 닫은 칼스타인은 기억했던 좌표로 뛰어가 가사상태에 빠진 가프와 리안느를 어깨에 메고 다시 몬스터홀의 출구로 달려왔다.

만일 시체라면 공간압축 주머니에 넣어도 관계없을 테지만, 이들은 살아있기에 공간압축 주머니에 넣을 수는 없는 노릇이었다.

홀을 클리어하고 최초의 입구로 돌아온 칼스타인이 가장 먼저 본 것은 쓰러져서 잠이든 두 명의 몬스터홀 가드였다.

미네르바의 요원들이 정한 시간이 되지 않았는지 제천의 두 헌터는 세상을 모르고 곯아떨어져 있는 상태였다.

아마 잠에서 깨어나면 자신들이 제압당했다는 사실조차 모를 것이 분명하였다.

'흐음. 누군가 이들을 제압했다는 것인데… 그런데 왜 해치우지 않고 제압으로 끝낸 것이지? 그것도 번거롭게 제압당하는 사람이 알지도 못하도록 조치까지 했다니….'

잠깐 생각을 정리하던 칼스타인은 몬스터홀에 들어오기 직전 이 곳을 감시하던 한 사람이 떠올랐다.

'그렇군. 비밀리에 감시를 해야 하는데 이들의 눈을 속여야 하는 상황이 벌어진 것이군. 후후… 누군지는 모르지만 헛수고를 했군.'

살심을 돋운 칼스타인은 자고 있는 두 헌터의 심맥을 끊어 다시는 일어나지 못하도록 만들었다.

무방비 상태인 이들을 살려둘 수도 있었지만, 제극명이 블러디문에 자신을 팔아넘긴 것을 알게 된 이상 칼스타인은 이제 제천과 불공대천의 원수라고 할 수 있는 상황이었다.

그런 상황에서 제천의 헌터이자 이번 작전의 참여자인 이들을 살려둘 이유는 없었다. 그리고 지금 할 일을 생각하면 당연히 이들을 해치워야 했다.

'아직은 내가 나온 것인지는 모르겠지. 어차피 토리도를

믿고 있는 눈치였으니 말이야. 제극명이 알아차리기 전에 내가 먼저 그를 쳐야겠어.'

칼스타인의 생각처럼 아직 제극명은 칼스타인이 블러디문의 손에서 벗어났는지 알지 못하고 있었다.

하지만 칼스타인이 그들의 손에서 빠져나왔다는 것을 제천에서 알게 된다면, 제천에서는 그들의 조직력과 정치력을 이용해서 칼스타인을 귀찮게 할 가능성이 있었다.

또한, 그들이 만일 박정아를 타겟으로 한다면, 일단 셀리나가 지키고 있기는 하지만 칼스타인이 할 수 있는 운신의 폭이 상당히 좁아질 가능성마저 있었다. 이런 저런 가정을 해보아도 그들을 빨리 처리하는 것이 최선이었다.

혼자라면 그냥 뛰어가면 되겠지만, 지금 칼스타인에게는 두 명의 짐 덩어리가 있었다. 짐만 들고 가자면 못갈 것도 없었지만, 칼스타인은 전투를 하러 갈 것이었다.

그 곳까지 이들을 데려 갈 수는 없었다.

'그렇다면…'

칼스타인의 머릿속에 이 두 명과 함께 신속하게 이동할 방법은 하나뿐이었다. 칼스타인은 집에 있을 셀리나에게 심어를 보냈다.

'셀리나.'

[네, 오빠. 갔던 일은 잘 해결되셨나요?]

'뭐, 예상과는 달랐지만 일단 잘 해결되었다. 지금 별일 없지?'

[네, 별 일 없어요. 식사 마치고 어머니랑 드라마 보고 있는 걸요.]

'그럼 이리로 소환할 테니 어머니 놀라지 않게 미리 말씀드려. 네가 할 일이 있다.'

[알겠어요.]

파츠츠츠츠

잠시 후 집에 있던 셀리나를 소환해제 한 칼스타인은 이곳에서 그녀를 다시 소환하였고, 그녀의 상징과 같은 스파크와 함께 평상복차림의 셀리나가 소환되었다.

"무슨 일이에요, 오빠?"

"예상은 하고 있었지만 제천에서 날 배신했다. 아직은 내가 살아나온 것을 모를 테니 그들이 알기 전에 그들을 지워야겠어."

일이 잘 해결되었다는 칼스타인의 말에 정말 별 일이 없었는 줄 알았던 셀리나는 제천의 배신이라는 말에 깜짝 놀라며 반문하였다.

"배신요? 하. 그 놈들이 죽고 싶어 환장을 했나보네요. 얼른 그리로 가죠. 제가 싹 다 구워버릴 테니까요!"

"됐어. 제극명과 제성도 정도만 해치우면 알아서 무너질 테니 말이야. 그 밑에 놈들은 자세한 내막도 모를 거고."

"그래도…."

"서울 한 복판에서 네가 난동을 피우면 그거 수습하는 것이 더 귀찮아."

"그럼 인간형으로 오빠를 도울 게요! 그럼 되잖아요."

"아냐. 혼자서도 충분해. 일단 넌 제천에 날 내려주고 저 둘만 수습해서 집으로 가. 보면 알겠지만 저들은 가사상태니까 그냥 데려다 두기만 하면 돼."

얼마 전 고집을 부리다가 칼스타인에게 호되게 혼이 났기에 셀리나는 더 이상 칼스타인의 말을 거역할 수 없었다.

"…네, 알겠어요."

파지지직!

말을 마친 셀리나는 일단 썬더버드의 본신으로 변신한 후 가사상태에 빠진 둘을 자신의 등으로 옮겼다. 마나로 통제하고 있기에 그들이 떨어질 염려는 없었다.

셀리나의 준비가 끝나자 칼스타인 역시 셀리나의 등에 오른 후 그녀에게 말했다.

"가자."

썬더버드의 몸이기에 서울까지는 불과 일 분도 채 걸리지 않았다. 제천의 본부가 내려다 보이는 곳에 멈춘 셀리나는 칼스타인에게 말은 건넸다.

[오빠. 오빠도 아시겠지만, 이곳에서는 결계와 전자적인 경비장치가 펼쳐져 있어요. 그 정도는 날려야 하지 않을까요?]

셀리나의 특기가 전격을 다루는 것이었다. 화염이나 바람과 같은 이능력은 마법적 결계는 날릴 수 있어도 지하 깊숙이 묻어져 있는 전자 장비를 처리하는 것은 다소 힘들 수 있을 것이나, 전격을 다루는 그녀에게는 쉬운 일이었다.

"흐음, 그 정도는 괜찮겠군."

기감을 열어 제극명과 제성도의 위치 정도는 확인하였지만, 자신의 침입을 알게되면 그들이 빠져나갈 가능성도 있었다.

만일 결계와 전자 경비시스템을 마비시킨다면 그들을 놓칠 우려가 상당히 적어질 것이기 때문에 셀리나의 제안은 칼스타인의 구미에 맞았다.

[네! 그럼 시작할게요!]

셀리나는 칼스타인에게 도움을 줄 수 있다는 생각에 한층 올라간 목소리로 심어를 전달한 뒤 마나를 끌어올렸다.

그녀의 코어를 중심으로 강력한 마나가 모여들더니 이내 그녀의 몸 밖으로 스파크가 사납게 날뛰기 시작했다. 그리고 얼마 지나지 않아 칼스타인의 뇌리로 그녀의 외침이 들려왔다.

[라이트닝 템페스트!]

굳이 기술 이름까지 심어로 전달할 필요는 없었지만 심어의 라인을 끊는 것을 잊어버렸는지 셀리나의 목소리가 칼스타인에게 들려온 것이었다.

파지지지지지지지직!

그녀에게서 발현한 전격은 커다란 제천의 본부에 직격하였다.

퍼어엉!

마법적인 결계가 날아가는 것과 동시에 마치 전자기 펄스 폭탄이 터진 것처럼 빌딩을 중심으로 한 사방 수 킬로미터의 전력이 날아가 버렸다.

초고압의 전격이 보조 발전기까지 일거에 날려버렸기에 한동안 이 근방에서 전자시스템의 도움을 받을 수는 없을 것이었다.

"잘 했다. 셀리나. 그럼 이들을 데리고 집으로 가 있어. 혹시 이들에 대해서 물어보면 내가 나중에 설명해 준다고 해."

[네, 알겠어요. 오빠. 조심하세요. 무슨 일 있으시면 언제든지 저 부르시구요.]

"조심은 무슨. 그리고 내가 힘든 상대가 나타났는데 널 부른다고 해결이 되겠어?"

[그건 그렇지만….]

"여튼 무슨 말인지 알겠으니까 돌아가 봐."

[네, 오빠.]

쿠웅!

셀리나의 등에서 내린 칼스타인은 바로 빌딩의 옥상을 뚫고 최고층으로 내려갔다. 어차피 그를 가로막는 것은 없었다.

목표는 제극명과 제성도였고, 지금 칼스타인의 기감에는 그들의 위치가 선명하게 잡혔다.

설령 기감을 막는 장치가 있더라도 칼스타인은 제천의 헌터로 몇 달 간 생활하였기에 회장과 부회장의 집무실 정도는 당연히 파악하고 있었다.

제극명의 방은 20층, 제성도의 방은 19층이었다. 하지만 지금 회의 중이였는지 둘의 기감은 제극명의 방에서 함께 느껴졌다.

쾅앙!

기감을 감추고 본부 건물로 뛰어든 칼스타인은 무슨 일이 있었는지 파악하기도 전에 천장을 뚫고 제극명과 제성도 앞으로 내려섰다.

"잘 지냈나?"

생각지도 못한 사람이었는지 제극명과 제성도는 눈을 부릅뜨고 칼스타인을 바라보았다. 그나마 제극명이 먼저 정신을 차렸는지 더듬거리는 목소리로 칼스타인에게 말했다.

"어… 어떻게… 헉! 그렇다면….'

몬스터홀에 들어갔던 칼스타인이 멀쩡한 상태로 이곳에 나타났다는 말은 함께 들어갔던 토리도를 비롯한 그의 팀이 모조리 죽었다는 말과 일맥상통하였다.

칼스타인의 갑작스러운 등장에 처음엔 생각이 거기에까지 미치지 못했다가 이내 그런 생각이 든 제극명은 놀라움을 넘어서 경악한 표정을 지었다.

"토… 토리도 팀장이 주…죽은 것이냐?"

"내가 여기 있는 것을 보면, 너 역시 상황을 알 수 있을 텐데?"

"그…그런….'

눈이 흔들리는 제극명의 머릿속은 빠르게 회전하였다.

'토리도 팀장의 능력은 그 끝이 보이지 않았는데 그를 해치울 줄이야… 나와 성도로는 이 놈을 상대할 수 없다. 어르신께 도움을 요청해야겠어. 하지만… 이 놈과 관련된 진실을 알게 되신다면 어르신께서 날 도와줄 리가 없는데… 그래도 그 곳 말고는….'

'어르신'이라는 사람은 악인이 아닌지 제극명은 자신이 한 짓을 그 '어르신'이 알게 된다면 자신의 의탁을 받아들이지 않을 것이라 생각하였다. 하지만 지금 제극명에게는 선택의 여지가 없었다.

흔들리는 눈빛으로 머리만을 굴리고 있는 제극명을 바라보며 칼스타인은 비웃듯이 말했다.

"이번엔 무슨 수작을 부리려고 그러나? 네 놈들의 구린 수작을 지켜보는 것은 이제 지쳤어. 그만 끝내자."

벨로스 소드를 뽑아든 칼스타인은 어느새 검기까지 두르며 그들에게 말했다. 단호한 칼스타인의 모습에 대화의 여지는 없다고 판단한 제극명은 재빨리 제성도에게 전음을 날렸다.

[성도야! 이놈의 실력은 우리의 상상을 초월한다! 일단 내가 막고 있을 테니 넌 천무로 가서 어르신께 의탁하거라! 자세한 상황은 나중에 내가 오면 설명한다고 하고!]

[그럼 아버지는요?!]

[난 헤르메스의 신발이 있지 않느냐! 내 걱정은 말고 어서 빨리 너부터 피하거라!]

자신의 탈출을 위해 제극명이 칼스타인을 잠시 막겠다는 말에 제성도는 아버지인 그를 걱정했지만 헤르메스의 신발이라는 말에 결심을 하고 한 걸음 뒤로 물러나며 후방을 확인하였다.

전면 유리로 된 집무실이라 유리창 말고는 그를 가로막을 것은 없었다. 20층 높이의 사무실이었지만 마스터에 오른 제성도에게는 평지나 마찬가지였다.

"하압!"

제성도의 탈출 시간을 벌어 주기 위해서 어느새 검을 소환한 제극명이 앞으로 나섰다. 처음부터 전력을 다하는지 그의 검에는 이미 붉은 검기가 서려 있었고 초월의 영역에도 들어간 상태였다.

제극명은 시공간이 느려진 것과 같은 느낌을 받으며 칼스타인에게 철혈일섬(鐵血一閃)을 펼쳐 내었다.

칼스타인을 노리고는 있었지만 신경은 뒤에 있는 아들 제성도에게 가 있었다.

제성도 역시 마스터에 오른 실력자인지라 아버지가 만들어 준 기회를 놓치지 않았다. 제극명의 일격이 칼스타인에게 날아가는 동시에 뒤에 있던 강화유리를 박살내며 후방으로 빠지려 하였다.

그러나 제성도는 그 뜻을 이루지 못하였다.

"어허. 붙기도 전에 도망치려고 그러는 건가?"

파앙!

칼스타인은 왼손으로 제극명의 철혈일섬을 튕겨내며 벨로스 소드를 제성도에게 날렸다.

제성도는 아직 자유자재로 초월의 영역에 드나 들 정도의 경지는 아니었으나 생사가 걸린 상황이라 그런지 극도로 오른 집중력이 그를 초월의 영역에 들게 하였다.

'됐다! 검의 움직임이 보인다! 이것만 막아내면 이곳을 피할 수 있어!'

다급한 그의 마음과는 달리 제성도가 인지하는 그의 움직임은 무척이나 느렸다. 초월의 영역에 들어왔기에 당연한 결과였다.

하지만 제성도가 눈에는 벨로스 소드 역시 느리게 보였기에 그는 충분히 피해낼 수 있을 것이라 생각했다.

검은 느리지만 천천히 자신의 이마를 향해 날아왔다. 제성도는 이미 검격이 향하는 곳을 보고 있었기에 그것을 그대로 맞아줄 리가 없었다.

온 힘을 다해서 고개를 틀며 혹시 모를 후속공격에 대한 대비까지 하였다.

우우웅~

실제로는 눈 깜빡할 시간이었지만 제성도의 머릿속에는 십여초의 시간이 흐르는 것 같았다.

드디어 자신의 고개가 틀어지고 검이 자신의 머리가. 있던 곳으로 지나가야 했는데, 검은 지금까지의 궤적과 전혀 다른 움직임을 보였다.

'어?'

푸욱~!

칼스타인의 검은 마치 제성도의 머리가 움직일 방향을 예측이나 한 듯이 부드럽게 움직이며 그의 이마 정중앙을 꿰뚫었다.

제성도가 마지막으로 본 광경은 제극명이 돌아서며 고함을 치는 장면이었다.

'어… 이럴 리가 없는데… 아버지….'

한국을 대표하는 헌터 중 하나면서 제천의 후계자였던 제성도의 죽음이었다.

"성도야!"

분명 도망칠 수 있을 것이라 생각했던 아들의 허무한 죽음에 제극명은 핏발 선 눈으로 제성도의 이름을 불렀다.

"싸워보지도 않고 도망칠 생각부터 하다니 실망이군. 제 회장."

"크윽… 네 놈이! 크아악!"

아들의 죽음에 분노한 제극명은 조금 전의 마나에 수배가 되는 마나를 한 번에 끌어올려 자신의 검에 실고 철혈파천(鐵血破天)의 강력한 일격을 펼쳤다.

후우우우웅!

제극명의 거의 전 마나가 담긴 철혈파천의 일식은 쉽사리 넘길 수 있는 공격이 아니었다. 그 힘도 힘이었지만 마나가 섞인 검이 발현되는 투로 또한 보통의 공격은 아니었다.

그러나 토리도가 보였던 검격에는 한참 미치지 못하였다. 그 말은 칼스타인에게 치명적인 공격은 아니라는 의미였다.

철혈파검의 맥을 끊어내어 공격의 핵심을 파훼한 칼스타인은 그대로 제극명의 목을 그어버리려고 하였다.

그 공격을 바라보는 제극명의 표정은 잿빛으로 변했다. 원래는 헤르메스의 신발로 이곳을 빠져나가야 했지만, 아들의 죽음에 자신의 안위도 살피지 않고 한계 이상의 공격을 감행한 것이었다.

하지만 칼스타인은 그 일격마저 파훼하며 역습을 가했

기에 제극명은 이제 살아남기는 틀렸다고 생각했다.

그 순간, 제극명의 몸에서, 정확히는 신발에서 기이한 마나 흐름이 생기더니 그의 몸을 덮었다.

'이것은!'

지금까지 제극명은 [헤르메스의 신발]에 있는 내재기술 중 긴급탈출이라는 기술은 어떻게 발동되는지 알 수 없었는데, 이제야 어떻게 이 기술이 발현되는지 알 수 있었다.

'이것이로군! 그럼 이 자리를 빠져나갈 수 있다는 것인가? 그렇다면!'

잿빛으로 물들어 있던 제극명의 눈빛에 생기가 도는 순간이었다.

'반드시! 반드시 성도의 복수를 하겠다!'

시작은 제극명이 하였지만 기득권을 갖고 있던 자들은 항상 자신이 입힌 피해보다, 자신이 받은 피해를 생각하였고, 제극명 또한 다르지 않았다.

이 와중에 칼스타인은 무언가가 발현되는 느낌을 받고 그것이 완전히 발현하기 전에 제극명의 목을 잘라내려 좀 더 빠르게 움직였지만, 이미 제극명은 이곳에서 사라진 상태였다.

단순한 공간이동이 아니었다. 그것이었다면 그 공간이동의 발현 전에 제극명을 처리할 수 있었을 것이었다.

지금 제극명은 공간을 이동한 것이 아니라 허차원으로 스며들어 버렸다. 물론 허차원에서 오래 머물 수는 없을 테니 바로 물질계도 돌아올 테지만 돌아올 곳은 이곳이 아닐 것이었다. 즉, 칼스타인은 제극명은 놓친 것이었다.

'흐음. 깔끔하게 끝내려고 하였는데 이렇게 되면 후환이 생긴 건가?'

칼스타인은 후환이라 생각했지만 살아남은 제극명이 두렵거나 한 것 전혀 아니었다. 굳이 칼스타인에게 위협적인 상대를 뽑자면 제천이 아닌 블러디문이라 할 수 있었다.

블러디문은 제천과는 비교할 수 없는 큰 조직이었다. 제천이 한국에서 다섯 손가락 안에 든다고 한다면 블러디문은 세계에서 그 정도의 위치가 되는 조직이기 때문이었다.

더군다나 블러디문의 헌터들에게 얻은 정보를 보면 토리도는 블러디문에서도 상당히 높은 직급이었기에, 그런 그를 해치운 칼스타인에게 어떤 식으로든 블러디문의 응징이 있을 것이었다.

그런 상황에서 제극명 정도가 더해졌다고 해서 문제가 될 것은 없었다. 다만, 깔끔하게 끝내고자 했는데 그것이 생각대로 되지 않아 조금 걸릴 뿐이었다.

'일단 마무리는 해야겠지?'

제극명과 제성도를 해치우고 나면 구심점이 없어진 제천은 수뇌부의 이해득실에 따라 그대로 산산조각 날 가능성이 높았다.

하지만 제극명이 어디론가 도망쳐서 살아있는 이상, 당장은 혼란스럽겠지만 얼마 지나지 않아 제극명을 중심으로 안정될 것이었다.

제천의 주력헌터들을 다 처리해 버린다면 안정화까지 걸리는 시간이 더 걸릴 테지만, 수백의 헌터를 하나하나 찾아가서 처리하는 것이 더 귀찮은 일이었다.

그리고 어차피 제극명이 살아 있는 이상 그 밑의 수하들은 언제든 다시 모을 수 있을 것이었다. 즉, A급 이하의 헌터를 해치우는 것은 의미가 없었다.

그렇기에 지금 칼스타인이 생각하는 마무리는 사람을 해치우는 것이 아니라 본부를 날려버리는 것이었다.

어차피 본부에서 제천의 모든 것을 관리하고 있기에 본부가 사라지면 제극명이 살아 있다 하더라도 그것을 수습하는 것만 해도 꽤나 시간이 걸릴 것이었다.

더군다나 칼스타인의 무력을 두려워하는 제극명은 상당 시일 한국으로 들어오지도 못할 것이 뻔한 상황에서 제천의 본부마저 없다면 당분간 제천에 대한 생각은 접어둬도 될 것이라는 판단이었다.

다만, 본부를 날리기 전에 내부의 사람을 쫓을 필요가 있었다. 필요한 살생이라면 수천 수만도 마다하지 않는 칼스타인이지만 굳이 불필요한 살생은 취미가 없었다.

상당수가 대피하였지만 아직 건물내부에는 수십명이 넘는 사람들이 남아 있었기에 정신을 가다듬은 칼스타인은 강렬한 살기를 건물전체로 투사하였다.

'합!'

건물 내부의 사람들은 마치 맹수가 그들을 노리고 있는 것 같은 느낌을 받으며 무슨 수를 쓰더라도 건물을 벗어나야겠다는 생각만 뇌리를 가득 채울 것이었다.

얼마 지나지 않아 건물 내 모든 사람들이 건물을 비웠다. 이제 빈 건물이 된 제천의 본부에서 칼스타인은 건축의 축이 되는 기둥들을 확인하였다.

이미 몇 달간 제천의 본부를 드나들었기에 확인에는 오래 걸리지 않았다.

'그럼 끝내 볼까? 하압!'

콰득~ 콰드드득~ 콰지직~~

일시에 마나를 투사하여 건물의 철골을 산산이 부수어 버리자 건물은 그 중량을 버티지 못하고 우르르 바닥으로 쓰러져 버렸다.

마치 폭탄을 이용한 폐건물 철거와도 비슷해보였다. 물론 제천의 건물을 폐건물이 아닌 첨단기술을 사용한 최신건물이었지만 말이다.

그렇게 제천의 본부가 무너진 자리에는 먼지구름이 뭉게뭉게 피어났고, 주변에는 그 모습을 지켜보는 구경꾼들로 가득했다.

하지만 그 어디에도 칼스타인의 모습은 보이지 않았다. 칼스타인이 제천의 옥상에 내려와서 지금까지 걸린 시간은 모두 합쳐 십여분에 불과하였다.

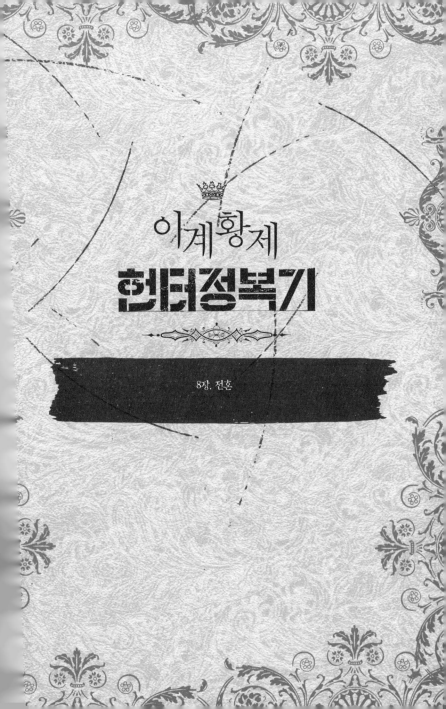

이계황제
헌터정복기

8장. 전흔

8장. 전혼

집으로 돌아와 박정아에게 인사를 한 칼스타인은 별채로 들어왔다. 거기에는 가사상태인 가프와 리안느를 보고 눈을 초롱초롱 빛내는 네 명의 헌터가 있었다.

일단 성소현을 돌보는 임무를 맡았던 강이슬이 먼저 입을 열었다.

"대장님. 일단 성소현씨에게는 별다른 특이사항은 없었어요. 그런데 리나가 놓고간 이 사람들은 누군가요? 대장님께서 나중에 설명해 주신다던데…."

말끝을 흐리는 강이슬의 말을 잇는 사람은 덩치 큰 최재혁이었다.

"흐흐. 그런데 성소현씨도 그렇고 이 외국인들도 그렇고 대장님은 기절한 사람들을 모으는 취미가 있으신가 보네요."

딱~!

김한수가 최재혁의 뒤통수를 치며 칼스타인에게 대신 사과의 말을 전했다.

"죄송합니다, 대장님. 이놈이 아직 분위기 파악을 못하네요. 그런데 이 분들은 누구신지? 저희가 보호해야할 대상인가요?"

헌터의 임무는 몬스터 사냥에만 그치지 않았다. 요인의 경호 등의 업무도 충분히 헌터가 하는 업무 중 하나이기에 김한수의 말은 자연스러운 질문이었다.

"일단 호위 따위를 위해서 데려온 사람들은 아니다. 일단 1층 작은 방에 눕혀 놔. 자세한 사정은 내일 설명해 줄 테니까."

내일이 되면 이들의 처분에 대한 결론이 날 것이기 때문에 굳이 지금 이들에 대해서 알려줄 필요는 없었다.

그렇게 간단한 대화를 마무리한 뒤 칼스타인은 성소현의 상태를 체크하고 이내 자신의 방으로 돌아가서 침대에 누웠다. 잠들기 이른 시간이었지만 이렇게 누운 이유는 헤스티아 대륙에서 볼 일이 있었기 때문이었다.

헤스티아 대륙으로 돌아온 칼스타인이 가장 먼저 찾은 사람은 당연히 엘리니크였다.

칼스타인의 이번 계획을 계획의 단계에서 구현의 단계로 만들어 줄 사람은 엘리니크 밖에 없었기 때문이었다.

칼스타인의 부름을 받은 엘리니크는 얼마 지나지 않아 칼스타인의 개인 연무장으로 들어왔다.

"폐하, 무슨 일이십니까?"

"엘리. 왔어? 영혼 전이에 대해서 궁금한 게 있어서 말이야."

칼스타인은 엘리니크가 가까이 오기도 전에 단도직입적으로 용건부터 꺼냈다.

"영혼 전이 말입니까? 구체적으로 어떤 부분이 궁금하신 것이지요?"

일단 서두를 연 칼스타인은 구체적으로 자신의 생각과 계획을 엘리니크에게 전했다.

칼스타인의 계획은 이미 영혼이 파괴되어 몸만 남은 가프와 리안느의 몸에 헤스티아 대륙에 있는 자신의 수하의 영혼을 넣겠다는 계획이었다.

당연히 그 대상은 전도유망하고 앞길이 창창한 수하들이 아니었다. 가프와 리안느를 보고 처음 이 계획을 구상할 때부터 칼스타인은 두 명의 수하를 생각하고 있었다.

　　"…그러니까 폐하 말씀은 케론와 에이나의 영혼을 지금 폐하가 계신 곳으로 옮기자는 말씀이시지요?"

　　"그래. 케론은 그랜드 마스터의 경지에 오르려고 했다가 실패하면서 다시 마나를 쌓고 있는데, 나이도 나이에다가 그때 무리한 것이 마나홀과 전신의 마나로드에 큰 충격을 주어서 벌써 5년이나 지났지만 아직 마스터에도 오르지 못하고 있지. 70대 후반인 그의 나이를 생각하면 이대로 마스터에 오르지도 못하고 명이 다할 가능성이 높아."

　　케론은 그랜드마스터의 경지에 오르기 직전 칼스타인의 도움을 받았던 기사였는데, 결과적으로는 그랜드마스터에 오르지 못하고 전신의 마나를 잃어버린 상태였다.

　　엘리니크 역시 그 사실을 알고 있기에 고개를 끄덕이며 말했다.

　　"하긴… 케론의 과거 실력을 생각해보면 단순히 수련 기사들을 가르치는 교수로 두기에는 아깝긴 하지요."

　　"그렇지. 그래서 만일 케론이 동의하고, 네가 그의 영혼을 옮겨 안착시킬 수 방법만 찾는다면 그를 옮기고 싶어.

그리고 에이나 역시 그 때 그 사고만 없었어도 지금은 8서
클 마법사는 되었을 거 아냐."

칼스타인의 말에 엘리니크는 동의를 표시하며 대답했
다.

"그렇지요… 에이나의 일은 저도 참 안타깝게 생각하
고 있습니다… 케론은 모르겠지만 에이나는 확실히 이
방법에 동의 할 것 같네요."

에이나는 엘리니크의 제자 중 한 명으로 20대 중반의
나이에 7서클 마법사에 오른 전도 유망한 여마법사였다.

7서클에 오른 그녀는 엘리니크에게 인정 받기 위해서
기사들의 하이퍼 모드를 마법사용 마법으로 구현하는 술
식의 개발에 나섰는데, 의욕이 넘치는 그녀는 프로토 타
입의 마법을 만든 뒤 자신에게 그 마법을 시전 하였다.

하지만 결과는 끔찍했다. 그녀의 마법은 신경을 가속
화 시켜서 반응속도를 끌어올리는 방식이었는데 기사처
럼 강화되지 않았던 마법사의 신경이라 그런지 검증되지
않은 마법에 온 몸의 신경이 갈가리 찢어지고 말았던 것
이었다.

뇌와 척수, 장기 등 생명을 유지하는 핵심적인 부위만
무의식적인 반응으로 보호받을 수 있었지 팔다리를 포함
한 온 몸의 신경은 끊어지고 말았다.

충격적인 결과에 놀란 엘리니크는 자신이 치유마법을 사용하는 것을 넘어 신성제국의 대주교까지 초빙하여 대회복 마법을 사용하였지만, 검증되지 않은 마법은 그녀의 마나와 동화되어 지속적으로 그녀의 신경을 끊어내고 있어 치유가 되지 않았다.

결국 그녀의 마나홀을 부수어 마법을 끊어낸 뒤 치유를 하였는데, 그 결과 극도로 약해진 신체는 간신히 움직일 정도만 되었고 마법은커녕 마나도 느끼지 못하는 신세가 되고만 것이었다.

전도 유망했던 미모의 젊은 여마법사가 나락에 떨어진 것이었다. 이후 에이나는 수차례의 자살기도를 하였는데, 엘리니크의 진심이 담긴 설득 후 그녀는 자살을 포기하고 마법사가 아닌 마법 연구가의 삶을 살게 되었다.

이런 에이나이기에 만일 온전한 몸을 얻을 수 있는 방법이 있다면 포기할 리가 없었다.

하지만 엘리니크의 말은 끝나지 않았다.

"문제는…."

"문제는?"

"문제는 영혼을 옮기는 것은 단순히 물건을 옮기는 것과는 전혀 다른 차원의 이야기라는 것입니다. 옮기는 것까지는 그렇다 치더라도 폐하께서 말씀하신 신체에 안착

시키는 것은 또 다른 문제가 될 수 있습니다. 사실 지금 폐하께서 다른 차원에 있는 다른 육체에 안착했다는 것도 기적적인 일에 가까운 것이라 그 부분이 가장 걸리는군요."

마법이나 술법에 대한 지식은 크게 없었으나, 칼스타인 역시 이번 계획을 세울 때 그 부분을 우려했었다.

"하긴, 나도 그 부분이 좀 걸리긴 했지. 그래도 한 번 방법을 찾아봐. 나 역시 영혼만 건너가서 다른 차원의 몸을 지금 내 몸처럼 사용하니, 그 둘도 방법이 있을 것도 같은데 말이야."

"…영혼만 건너가서…."

영혼만 건너간다는 말을 혼잣말처럼 중얼거리던 엘리니크는 굳게 입을 닫고 눈까지 감은 채 멈추어 서서 가만히 생각에 잠겼다.

조금 전 그 말이 실마리가 되어 무언가 방법을 찾고 있는 중인 것 같다는 생각에 칼스타인은 그를 건들지 않고 옆에 가부좌를 틀고 심법 운기를 하였다.

그렇게 시간이 흐르고 세 시간여가 지났을 때 반짝이는 눈을 뜬 엘리니크가 옆에 있는 칼스타인에게 말을 건넸다.

"폐하. 방법이 있을 것도 같습니다."

깊은 운기 상태가 아니었던지라 바로 운기를 풀고 일어난 칼스타인은 반색하며 엘리니크에게 말했다.

"그래? 다행이네. 일단 그 방법이 완성될 때까진 지구로 안 넘어가고 여기에 있을 테니 완성 되는대로 바로 보고해줘."

"네, 폐하!"

❖

자신감 있게 나선 엘리니크가 다시 칼스타인을 찾은 것은 무려 세 달의 시간이 지났을 때였다.

세 달은 상당한 시간이었지만 그 시간은 칼스타인에게도 의미가 없었던 시간은 아니었다.

오랜만에 헤스티아 대륙에서 깊은 수련을 하며 지구의 마나와 헤스티아 대륙의 마나를 비교 분석하는 등의 마나 이해도를 높이는 시간을 보냈기 때문이었다.

그리고 엘리니크를 믿었던 칼스타인은 그 시간동안 케론과 에이나에게 상황을 설명하였고 둘은 두 말하지 않고 칼스타인의 제안을 받아들였다.

지구로 갈 수 있는 술식만 완성된다면 언제든 응하겠다는 말이었다. 어차피 둘 다 헤스티아 대륙의 몸에 미련이 없었다.

그 중 에이나는 고아 출신이라 별로 걸릴 것이 없었으나, 케론은 장성한 자식과 손자가 있어 칼스타인은 그 부분이 조금 걸린다고 이야기 하였다.

하지만 케론은 껄껄 웃으며 성인까지 키워줬으면 이제 자식들의 삶은 자식들의 삶이고, 자신의 삶은 자신의 삶이라는 말로 깔끔하게 정리하였다.

칼스타인과는 달리 한 번 넘어가면 다시는 돌아 올 수 없는 둘이었기에, 칼스타인은 가기 전까지 주변 관계를 정리해 두라는 말로 그들과의 대화를 마무리 하였었다.

케론과 에이나와 대화를 한지도 두 달의 시간이 지났을 때, 엘리니크는 연무장의 문을 열고 칼스타인을 만나기 위해서 들어왔다.

연무장의 칼스타인은 오른손에는 지구의 마나 왼손에는 헤스티아 대륙의 마나를 구현하며 그 성질과 밀도 등의 차이 하나하나를 분석하고 있는데, 엘리니크가 들어온 기척에 수련을 중단하고 자리에서 일어났다.

"폐하! 술식을 완성하였습니다."

"역시. 엘리는 해낼 줄 알았어. 하하. 그런데 영혼의 안착은 어떻게 해결한 거야?"

우선 칼스타인은 처음 고민했던 영혼의 안착 문제를 엘리니크가 어떻게 해결했는지 궁금하였다.

"하하. 폐하의 말씀에서 착안하였지요. 그 방법은…."

엘리니크의 말은 각종 마법술식을 통해 설명해서 평범한 사람이라면 이해하기조차 힘든 설명이었는데, 간략히 요약하면 다음과 같았다.

이 술식의 핵심이 되는 원리는 영혼이 있어야 할 차원이 아닌 타 차원에 있다는 것이었다.

만일 헤스티아 대륙에서 영혼을 육체에서 분리해서 다른 육체에 심는다면 영혼은 새로운 육체에 안착하는 대신 원래 있어야 할 곳인 헤스티아 대륙의 명계로 가버릴 것이었다.

하지만 지구에서 헤스티아 대륙의 영혼은 갈 곳이 없었다. 만일 지구에서 영혼을 그냥 풀어놓는다면 영혼은 명계로 가지 못하고 지구를 떠돌다가 오랜 시간 뒤 스스로 소멸할 가능성이 높았다.

엘리니크는 이런 가설을 통해서 지구에 있는 가프와 리안느의 몸에 케론과 에이나의 마나를 심어두고 마법술식을 통해서 영혼을 붙잡을 수 있도록 조치를 할 계획이었다.

헤스티아 대륙에서는 명계에서 발생하는 흡입력에 끌려가고 말 영혼이지만, 그 영혼이 존재하지 않아야 하는 지구에서는 그런 흡입력이 없을 것이었다.

그래서 명계의 흡입력에 비하면 미약하겠지만 그래도 해당 신체에서 발현하는 흡입력에도 각각의 영혼이 이탈하지 않고 머무를 것으로 추측하였다.

그리고 어차피 원래 영혼이 익숙했던 마나를 사용하는 신체이기에 영혼 역시 서서히 신체에 안착할 것이라 생각하였다.

모든 것이 추측이었지만, 마법적인 환경에서 동물실험을 하였을 때 90% 이상의 성공률을 보였기에, 엘리니크는 성공을 확신하며 칼스타인에게 술식을 완성했다는 말을 한 것이었다.

"어쨌든 영혼 통합에서 폐하의 영혼에 휩쓸리지 않으려면 영혼 봉인을 해야 할 것 같은데 그것을 버티려면 그 정신력이 최소 마스터의 경지 아니면 7서클 마법사의 경지 이상은 되어야 할 것 같습니다. 다행히 케론과 에이나는 이에 해당하구요."

아무나 이 기술의 대상이 될 수는 없었다. 최소 마스터 이상의 정신력을 가진 사람만이 영혼 봉인과 해제의 후폭풍을 이겨 낼 수 있었기 때문이었다.

그리고 그 정도의 강자가 자신의 몸을 버리려는 경우는 드물었기에 이 방법은 이번으로 끝날 가능성이 높았다.

"그래, 방법은 네가 알아서 잘 찾았겠지. 그럼 둘을 불러서 대법을 시행하지."

칼스타인이 모든 것을 알 필요는 없었다. 그가 알아야하는 것은 어떻게 다시 지구에서 그들의 영혼을 소환하여 안착하는지에 대한 방법뿐이었다.

엘리니크 역시 그것을 알았기에 그 부분을 중점적으로 설명하였던 것이었다.

"네, 알겠습니다."

마법 술식이 준비가 된 이상 더 이상 망설일 것은 없었다.

케론과 에이나 역시 준비가 끝난 상태라 칼스타인이 호출하자 한 시간도 되지 않아 엘리니크가 준비해 둔 마법진이 설치된 장소에 도착하였다.

다소 긴장된 얼굴로 서 있는 둘을 향해 담담한 표정의 칼스타인이 말을 건넸다.

"준비는 다 되었나?"

"네, 폐하."

"이제 이곳을 떠나면 다시는 돌아오지 못할 것인데

그래도 정말 괜찮겠나?"

칼스타인의 말에 잠시 둘은 말을 멈추었다. 그리고 감회가 새롭다는 표정을 짓던 케론이 먼저 입을 열었다.

"자식 놈이 그러더군요. 이제 손주 재롱이나 보시고 편하게 계시다 가시라고. 하지만, 비록 몸이 이리되어서 예전처럼 움직이지는 못하지만, 아직 제 마음은 청춘입니다. 사실 폐하께서 제의를 해주시기 전까지만 해도 마음이 청춘이라는 것을 몰랐지요. 그러나 이제는 압니다. 제 열정은 아직도 꺼지지 않았습니다. 과거 폐하께서 손을 내미셨을 때와 다르지 않다는 이야깁니다. 하하하."

"그렇게 생각한다니 다행이군."

케론의 말이 마치자 이번에는 에이나가 말을 꺼냈다. 그녀의 말은 간단했다.

"저는… 더 이상 잃을 것이 없습니다… 다시 마나의 축복 속에서 마나를 사역할 수 있다면 그것만으로 저는 만족할 것입니다…."

"좋아. 엘리, 준비가 끝났나?"

"네, 폐하. 준비는 끝났습니다."

둘의 마지막 각오를 들은 칼스타인은 뒤에 서 있는 엘리니크에게 말을 건넸고, 엘리니크는 케론과 에이나를 마법진의 가운데로 자리하게 하였다.

"폐하는 몰라도 저는 이제 볼 수 없겠군요. 케론경."

"하하. 폐하를 통해서 종종 안부 전해 드리지요."

케론과 간단한 인사를 한 엘리니크는 에이나의 어깨를 두드리며 그녀의 이름을 불렀다.

"에이나…."

"스승님. 다시 마나의 축복 속으로 들어갈 수 있도록 저를 보내주셔서 감사합니다… 그래도 스승님을 다시 보지 못한다는 것은… 슬프긴 하네요…."

"에이나… 그럼 잘 가거라."

그녀의 이름을 한차례 더 부른 엘리니크는 가볍게 그녀는 포옹하는 것으로 에이나와의 마지막 인사를 대신하였다.

마법진의 밖으로 물러선 엘리니크는 자신의 장대한 마나를 마법진에 주입하였고 수인과 영창을 통해서 마법진을 구동하였다.

웅웅웅웅웅~

천지가 떨리는 것과 같은 울림과 함께 마법진은 발동되었다. 마법진 위에서 붉고 푸른 마나가 환상적으로 어우러지는데 그 속에 있는 케론과 에이나의 표정은 좋지 않았다.

살아있는 육체에서 영혼을 꺼내어 봉인을 하는 것이니

편하게 있을 수 있을 리가 만무하였다.

지이이이잉~

한참의 시간이 지나며 붉고 푸른 마나의 회전은 점점 더 가속했고 그것이 극에 이르자 가운데 서 있는 둘의 모습이 보이지 않을 정도로 마나가 짙어졌다.

그러던 순간 팟 하는 소리와 함께 마법진의 마나가 사라졌다. 그리고 케론과 에이나의 영혼 역시 사라졌다. 아니 손가락 굵기의 구슬로 변하였다.

"되었습니다. 이제 폐하께서 이 봉혼석(封魂石)을 영혼 이동 술법으로 가져가셔서 장악할 육체에 풀어내시면 되겠습니다. 그 전에 케론경과 에이나의 마나를 제가 말씀 드린 술식에 따라 먼저 심어 놓으시구요."

이동술법에 필요한 영혼포인트는 충분하였다. 흑영과의 일전부터해서 토리도를 비롯한 그의 팀, 이번에 제성도까지 처리하였기에 엘리니크가 만든 마법기까지 가져갈 만한 포인트가 모인 것이었다.

하지만 일단 마법기는 차후에 생각하기로 하고 지금은 이번 대법에 집중하기로 하였다.

"좋아. 고생했어."

"고생은요. 케론경과 에이나가 건강한 모습을 지내는 것을 보지 못하는 것이 아쉬울 뿐입니다."

"하하. 내가 종종 안부 전해 줄게."

"네, 알겠습니다. 폐하."

❖

헤스티아 대륙에서의 목적을 달성한 칼스타인은 세 달 만에 드디어 지구로 돌아왔다. 자신의 방에서 나온 칼스타인은 곧장 별채로 이동하였다.

어서 빨리 그들을 봉혼석에서 풀어주기 위해서였다. 영혼의 봉인은 시간이 지나면 지날수록 굳어져서 더 풀기가 힘들기에 한시라도 빨리 풀어 주는 것이 좋았다.

별채로 가니 덩치 큰 최재혁이 시리얼을 퍼먹고 있다가 갑자기 들어온 칼스타인을 보고 딱 멈추었다.

"오랜만이군."

"네? 조금 전에 들어가셔 놓고 뭐가 오랜만이라는 건지…?"

칼스타인은 3개월 만에 본 것이지만, 최재혁은 방금 보고 또 보는 것이었다.

최재혁은 어리둥절한 표정으로 칼스타인에게 반문하였지만, 칼스타인은 굳이 대답하지 않고 가프와 리안느, 이제는 케론과 에이나의 몸이 될 두 사람이 있는 방으로 걸음을 옮겼다.

잠들어 있는 것처럼 평온한 그들의 모습을 잠시 지켜보던 칼스타인은 엘리니크가 말한 술식으로 케론과 에이나의 마나를 둘의 몸에 심었다.

정확히 말하면 가프와 리안나의 마나를 이용하여 케론과 에이나의 마나와 같은 성질의 마나를 발현하는 술식을 심은 것이었다.

이제 봉혼석을 풀어놓을 차례였다. 엘리니크가 직접 시행했다면 마법적인 공간을 조성하였을 테지만, 그렇게 할 수 없는 칼스타인은 그의 조언에 따라 강력한 마나 장악력을 발현하여 다른 마나를 배제하였다.

준비를 마친 칼스타인은 일단 케론의 봉혼석을 조심스럽게 깨트렸다. 봉혼석이 깨어지자 그 속에 있는 케론의 영혼이 서서히 새어나왔다.

보통의 유체이탈의 경우에는 그 영혼이 의식과 의지를 가지지만, 지금은 봉인의 과정을 거쳤기에 케론의 영혼은 아직 자의식을 찾고 있지는 못하고 있었다.

더군다나 이곳은 헤스티아 대륙이 아닌 지구이기에 그가 느끼는 마나 역시 지금까지의 마나와 질적으로 달라 적응에 시간이 걸릴 것이었다.

'흰색인가? 이것이 케론의 영혼색이군.'

특별한 기술을 수련한 것이 아니라면 영혼을 볼 수 있는 영안(靈眼)은 최소 그랜드마스터의 경지는 되어야 일부 열리는 것이었다. 그렇기 때문에 지구에서는 아직 마스터에 불과한 칼스타인이 사용할 수 있는 기술은 아니었다.

하지만 이번 3개월 동안 헤스티아 대륙에 있으면서 마나와 영혼에 대해 참구(參究)한 칼스타인은 지구에서도 영안을 열수 있는 방법을 깨우쳤다. 상단전을 전문으로 다루는 영혼술사나 사용가능한 기술을 스스로 터득한 것이었다.

영안을 통해서 케론의 영혼이 부유하는 것을 확인한 칼스타인은 가프의 몸에 심어둔 술식을 발동하였고, 이리저리 천천히 움직이던 케론의 영혼은 익숙하게 느껴지는 기운에 무의식적으로 서서히 가프의 몸에 스며들었다.

만일 가프의 영혼이 남아 있었다면 그의 몸이 다른 사람의 영혼을 받아들일 리가 없을 테지만 지금 가프의 몸은 영혼이 비어있는 껍데기인 상황이니 케론의 영혼을 거부하지 않았다. 아니 거부 할 수 없었다.

케론의 영혼이 가프의 몸에 안착하는 것을 확인한 칼스타인은 이번에는 같은 방식으로 에이나의 봉혼석을 깨트려 리안느의 몸에 그녀의 영혼을 안착시켰다.

영혼은 비어있지만 지금까지 다루는 몸과는 전혀 다른 몸을 장악하는데 어느 정도의 시간은 필요할 것이었다. 하지만 그 시간은 그리 오래 걸리지는 않았다.

칼스타인이 이수혁의 몸을 차지했을 때는 그 몸은 10년여간의 식물인간 상태로 있었기에 당장 움직일 수도 없었지만, 지금 가프와 리안느의 몸은 가사상태가 된지 하루도 채 지나지 않아 몸은 건강했고 충만한 마나까지 담겨있었기 때문이었다.

영혼이 빈 몸을 장악하고 그 기억을 대략적이나마 수습한 케론과 에이나는 서서히 눈을 뜨며 상반신을 일으켰다.

오른손을 쥐었다 폈다 하며 몸의 상태를 점검하던 케론은 흥미롭다는 표정으로 칼스타인에게 말을 건넸다.

"폐하. 여기 마나는 정말 특이하군요. 묵직한 질감이 익숙해지는데 까지 시간이 좀 걸리겠는데요?"

"그래도 마스터급의 마나홀이 체내에 있으니 자연스럽게 마나를 받아들이면 적응에 그리 오래 걸리지 않을 거다. 에이나도 일어났으니 일단 간략하게나마 마나 차이를 느낄 수 있도록 알려주지."

칼스타인은 케론과 에이나가 굳이 불필요한 시행착오를 할 필요가 없도록 자신이 그간 참구했던 헤스티아 대륙과 지구의 마나 성질 차이에 대한 설명을 해 주었다.

그리고 단지 설명으로 그치지 않았다. 각 마나를 사용하여 마나의 축적, 집약, 발현에 이르기까지 핵심적인 부분을 직접적으로 보여주고 그들의 몸에 새길 수 있게 하였다.

칼스타인은 마나가 거의 없는 이수혁의 몸을 차지하였기에 환골탈태부터 시작해서 적은 마나를 조금씩 조금씩 모아왔는데, 케론과 에이나는 그럴 필요가 없었다. 그들의 몸에는 이미 강대한 마나가 남아있었기 때문이었다.

그래서 그런지 얼마 지나지 않아서 기본적인 마나의 사용은 할 수 있었다. 물론 샤이닝소드를 사용하거나 마법을 사용하는 등의 고급 기술은 아직까지 불가능했지만 기본적인 운기와 축기 정도는 가능해졌다는 이야기였다.

"체내에 이미 마나는 있으니까 감각만 익힌다면 케론은 한 달 정도면 검기까지 가능할 거야, 에이나는… 내가 마법사가 아니라서 잘 모르겠네. 아까 전에 말했던 시스템을 이용해서 기본적인 마법 발현 방식을 파악해봐."

"네, 알겠습니다. 폐하."

"아. 엘리니크와 이야기한 것인데, 시스템에서 마법을 제공하더라도 그 방식을 따르기 보다는 이곳의 마나를 이용해서 헤스티아 대륙의 방식으로 마법을 사용하는 것이 더 좋을듯하다더군."

칼스타인의 말에 에이나는 기분 좋은 미소를 지으며 대답했다.

"호호. 사실 스승님이 이미 그 이야기를 했었습니다. 폐하."

"그랬나? 하긴 엘리라면 그랬겠군. 그리고 여기서는 폐하라는 호칭은 사용하지 말도록."

그 말에 케론이 의아한 표정을 지으며 반문하였다.

"폐하를 폐하라고 부르지 못한다면 어찌 불러야 하는지요?"

"여기서 나는 황제가 아니니 그냥 대장이라고 부르면 돼. 어차피 이번에 길드도 하나 만들었으니까."

"대장이라… 옛생각이 나는 군요. 허허."

케론은 과거 칼스타인이 용병시절 거둔 인연이기에 대장이라는 말이 어색하지는 않았다. 잠시 감회에 젖은 표정을 짓던 케론은 이내 고개를 끄덕이며 말했다.

"여기에서는 여기의 법도를 따라야겠지요. 알겠습니다. 대장님."

에이나 역시 상황을 이해한 듯 목례를 하며 대답했다.

"네, 폐하. 앞으로는 대장님이라 호칭하겠습니다."

"그래. 어쨌든 둘 다 그간 힘든 시간을 보냈고 어쩌다 보니 여기까지 왔는데, 이제 새로운 인생이라 생각하고 다시 잘 지내보자."

칼스타인의 말에 이제야 새로운 곳에 왔다는 자각이 들었는지, 둘 다 감격스러운 표정을 지었다.

이제 그들의 몸은 마나를 제대로 사용할 수 없는 몸이 아니었다. 헤스티아 대륙 시절의 전성기와 비교하면 다소 떨어질지는 몰라도 망가졌던 몸에 비하면 환골탈태라 할 수 있을 정도의 몸이었다.

"네, 폐하… 아니 대장님. 앞으로도 성심을 다하여 모시겠습니다."

"폐하. 이런 기회를 주셔서 감사합니다."

"감사는 됐고. 밖에 앞으로 함께 할 녀석들이 있으니 인사나 하자고. 인사를 나누고 수련장을 알려주지. 아. 에이나의 연구실은 조만간에 만들어 줄게."

어디서나 연무를 할 수 있는 무투가와는 다르게 마법사는 일반적으로 자신만의 연구실이 필요하였다. 칼스타인은 그것을 언급한 것이었다.

당장은 생각치 않았던 칼스타인의 배려에 에이나는 깊이 고개를 숙이며 감사의 인사를 하였다.

방을 나서서 거실로 나오자, 그 곳에는 네 명의 헌터,

그리고 외부의 일을 보고 들어온 이지은까지 함께 있었다.

"왜 이렇게 뭐 마려운 강아지들 마냥 있는 거야?"

이들은 칼스타인이 일을 마치고 나오자 대답을 요구하는 눈빛으로 칼스타인을 바라보고 있었던 것이었다. 칼스타인의 물음에 대답은 역시 김한수가 하였다.

"뭐 마려운 강아지라니… 하하… 설명해 주신다고 하니까 궁금한 마음에 기다린 것뿐이었습니다. 그런데 일어나셨군요?"

뒷머리를 긁으며 말하는 김한수의 말을 받은 것은 강이슬이었다.

"대장님께서 내일 설명해 주신다고는 하셨지만, 이제이 분들이 일어나셨으니 지금 알려주시는 거죠?"

어차피 이들을 소개시켜줄 생각으로 데리고 나온 것이기에 일단 간단한 통성명부터 나누게 하였다.

케론과 에이나에 관해서 진실을 이야기 하자면 헤스티아 대륙에 관하여 알려야 했기에 칼스타인은 적당히 상황을 꾸며서 이야기 할 수밖에 없었다.

칼스타인이 설정한 상황은 케론과 에이나는 선친과 인연이 있던 헌터들로 그들이 속한 조직에서 이들을 내쳐서 자신이 거둔 것 정도로 이야기 하였다.

"…그러니까 저 둘은 앞으로 함께 할 동료다."

"아. 그렇군요. 그런데 느껴지는 마나가 보통은 아닌 것 같던데…."

그나마 실력이 가장 좋은 김한수는 케론과와 에이나의 몸에 내재된 마나를 조금이나마 느낄 수 있었다.

"그래, 케론은 마스터급 강자고, 에이나는 7서클 마법사니 보통은 아니지. 다만, 아직 부상에서 회복되지 않았으니 당분간은 실력을 보이기는 힘들 거야."

칼스타인의 말을 듣던 다섯 명은 마스터와 7서클 마법사라는 말에 깜짝 놀랐다.

"마스터!"

"7서클 마법사라고 하셨나요?!"

"헐… 대박…."

그 중 이지은은 경악한 표정을 짓더니 빠르게 머릿속에서 무언가를 계산하는 듯했다. 이내 계산이 끝났는지 환한 미소를 지으며 칼스타인에게 말을 건넸다.

"저 두 분이 각각 마스터와 7서클 마법사라면 우리 길드의 역량은 기존의 5대 길드 못 지 않겠어요. 흑영도 없으니 4대 길드인데 규모만 조금 갖추면 금방 우리가 흑영을 대신해서 5대 길드의 자리에 오를 수 있겠네요."

그녀의 말에 칼스타인이 잠시 갸웃거리며 말했다.

"제천도 없으니 3대 길드 아닌가?"

"제천이 없다니 무슨 말씀이신지…."

"아직 제극명이 살아 있기는 하지만 본부가 무너졌…
아. 그렇군. 아직 알려지지 않았나보군."

칼스타인은 3개월 동안 헤스티아 대륙에 있어, 제천이
무너진 것을 모두가 알 것이라 생각했지만, 지구에서는
시간이 흐르지 않은 상태였다. 제천을 무너트린지 아직
하루도 채 지나지 않았다는 말이었다.

의아한 표정을 자신을 바라보는 다섯 길드원에게 칼스
타인은 개략적인 상황을 설명하였다.

다만, 제천의 음모까지만을 이야기 했을 뿐 블러디문
에 관련한 상황까지는 설명하지 않았다. 이제 새로이 길
드를 창설했는데 굳이 이들이 겁에 질리게 하고 싶지 않
아서였다.

"어쨌든 제성도는 처리했고, 제극명은 도망쳤지만 당
분간은 나타나지 못할 거야. 거기다가 제천의 본부도 지
금은 완전히 무너진 상태고."

칼스타인의 설명에 입을 쩍 벌리고 있던 일행 중에서
가장 먼저 정신을 차린 김한수가 대표로 말을 받았다.

"허… 저번 흑영과의 대전에서 대장님께서 대단한

실력을 가진 줄은 어느 정도 짐작했었지만, 제천의 두 마스터까지 한 번에 상대하실 줄은 몰랐군요."

흑영과 제천은 같은 5대 길드로 묶이긴 하였지만, 그 격은 상당히 달랐다. 흑영이 5대 길드의 말석 정도라면 제천은 천무, 현성과 함께 따로 3대 길드라고도 불리는 길드였기 때문이었다.

많은 헌터들이 천무를 최강으로 논하고 있지만, 애초에 천무는 천무문 소속의 문도들로 이루어진 폐쇄적인 길드로 세력은 그리 크지 않았다. 결국 세력만 따지면 제천과 현성이 양대 길드라고 할 수 있었다.

그런 제천길드를 칼스타인 혼자서 박살을 낸 것이었다. 물론 모든 소속헌터를 상대한 것은 아니지만 일단 우두머리를 처리하였으니 박살냈다 표현해도 과언은 아니었다.

"뭐 여튼 그렇게 되었으니까…."

칼스타인이 여기까지 말을 하고 있는데, 한쪽 옆에서 그의 말을 듣던 이지은이 또르르 한줄기 눈물을 흘렸다.

제천이 무너졌다고 하니 여러 가지 감정이 교차하는 듯 해보였다. 그녀는 뭔가 복잡한 표정을 짓다 이내 눈물을 닦고 칼스타인에게 말을 건넸다.

"대장님. 고마워요."

"고마워? 아. 그렇군. 고맙긴 뭐 그거 때문에 한 것도 아닌데. 그러고 보니 그 마법사는 잡아올 걸 그랬나?"

"아니에요. 당시 저는 그 마법사보다 제천의 대응에 더 큰 상처를 받았으니 괜찮아요. 그런 마법사는 아마 오래 버티지 못하고 어디선가 사고를 쳐서 벌을 받을 거에요."

그렇게 이야기를 하고 있을 때 갑자기 칼스타인은 말을 멈추었고 고개를 돌려 어디론가 바라보았다.

갑작스런 그의 행동에 모두는 칼스타인이 보는 곳을 향해 시선을 돌렸는데, 마치 모두의 시선이 그리로 온 것을 알았는지 천천히 문이 열렸다.

문이 열린 곳은 성소현이 있던 방이었고, 당연히 문에서 걸어 나오는 인물은 성소현이었다.

"어… 어…."

칼스타인을 제외한 일행은 뜻밖이라 할 수 있는 그녀의 등장에 눈을 크게 뜨고 그녀를 바라 볼 뿐이었는데, 칼스타인은 담담하게 그녀에게 말을 건넸다.

"일어났어?"

"아. 응… 수혁이 네가 치료해 준 거야?"

며칠간 침대에만 누워 있었기에 보통 사람이라면 쉽사리 움직이지도 못했을 테지만, 치료능력을 가진 초능력자라서 그런지 그녀의 몸은 오히려 전보다 더 건강한 상태였다.

거기다가 깨달음을 통해서 능력을 각성까지 한 상태이기 때문에 능력 또한 더 강해져 있었다.

"뭐 치료라면 치료였지. 다음부터는 무리하지 마."

단순한 치료가 아니었지만 칼스타인의 성격 상 구구절절하게 설명할 일은 없었다. 하지만, 성소현은 몽롱한 정신 속에서도 선연하게 칼스타인의 마나를 느꼈었다.

지금의 물음은 단순한 확인에 불과하였다.

'수혁이가 또 나를 구해줬네….'

비록 그녀가 쓰러진 것이 칼스타인을 돕기 위해서 무리한 능력을 운용하다가 벌어진 일이기는 하지만, 쓰러지면서 본 장면을 보니 칼스타인은 그녀의 도움은 필요 없었다.

결과적으로 괜히 자신이 칼스타인을 귀찮게 했다는 생각에 자책감마저 드는 성소현이었다.

그런 자책감 때문에 그녀는 지금 칼스타인이 하는 말을 듣지 못했다.

"어떻게 할 거야?"

"응? 뭐가?"

"다른 생각을 하고 있던 건가? 길드를 만들 건데 함께 하겠냐고 물었잖아."

"아…."

성소현은 지금 그녀의 내부에서 느껴지는 강력한 마나의 힘을 느낄 수 있었다. 마스터의 경지에는 오르지 못했겠지만, 적어도 A급의 능력자는 된 것이 분명하였다.

이 힘은 칼스타인 덕분에 생긴 힘이었다. 그리고 지금 그녀는 자신의 힘을 사용할 곳을 찾았다.

"당연하지! 내가 아니면 누가 함께 하겠어? 히히."

"그래. 그럼 앞으로도 잘 부탁해."

부탁한다면서 내민 칼스타인의 오른 손을 한참 바라보다가 성소현은 얼굴을 붉히며 그 손을 마주 잡았다.

"…부탁은 내가 해야지…."

그런 둘을 가만히 지켜보던 일행 중에서 이지은이 슬쩍 칼스타인에게 말을 건넸다.

"대장님. 이제 길드원이 되실 분이 다 모인 것 같은데 우리 길드 이름을 정해야 하지 않을까요?"

이지은이 길드 창설 때문에 이런 저런 절차를 밟고 있었지만, 길드 이름은 그녀가 마음대로 할 수 있는 것이 아니었다.

그리고 길드 창설의 마지막 단계만을 남겨둔 지금 길드의 이름은 필요하였다.

"길드 이름? 당연히 에르하임이지."

"에르하임요? 무슨 뜻인가요?"

에르하임이라는 칼스타인의 말에 이지은은 포함하여 모두들 궁금한 표정을 지었지만, 케론과 에이나만은 환한 미소를 지으며 고개를 끄덕였다.

"그렇죠. 에르하임이죠. 에르하임!"

❖

칼스타인이 케론과 에이나를 불러오고 길드의 이름을 정하고 있는 그 시간, 세계의 절대강자 7명의 회의가 있었다.

다만, 모두 직접 모인 것은 아니었고 마법을 통한 환영으로 한 자리에 모인 것이었다.

원탁의 회의라 따로 상석이 없었는데 도포를 입은 70대 동양계 노인이 먼저 입을 열었다.

노인이 하는 말은 한국어였기에 그의 정체는 한국인임을 어렵지 않게 짐작할 수 있었다.

노인이 한국어로 말함에도 불구하고 마법을 통해서 자동으로 통역이 되는지 좌중의 인물들은 말을 알아듣는데 어려움은 없었다.

"일단 내가 회의 개최를 건의하였으니 먼저 논의코자 하는 내용에 대해서 이야기를 하겠소이다."

노인이 서두를 꺼내는데 귀 끝이 뾰족한 금발의 미녀가 노인의 말을 가로막고 입을 열었다.

"백가주님. 오랜만에 회의를 하는데 바로 주제로 들어가기 보다는 서로 간단한 안부나 묻고 시작하는 것이 어때요?"

흰 수염이 가슴팍까지 오는 70대 백인은 금발 미녀의 말이 마음에 들지 않는지 냉랭한 어투로 말을 이었다.

"엘레나, 우리가 안부 따위를 물을 만큼 살가운 사이라고 생각되지는 않는데? 바쁘니까 간단히 용건만 논의하고 회의를 끝냈으면 하네만."

"에드워드는 여전하군요. 이제 백탑은 에드워드가 없어도 잘 굴러갈 텐데 바쁘다는 엄살까지 부리시네요."

"백탑이야 알아서 굴러갈 테지만, 홀 브레이크 시즌이된 이상 지구방어 대전이 얼마 남지 않았지 않소? 준비할 것이 많다오."

에드워드의 말을 받은 것은 50대 정도로 보이는 중국인이었다. 선이 굵게 생긴 중년인은 고개를 끄덕이며 엘레나에게 말했다.

"미네르바는 한가한가 보지요? 안부 따위 이야기 할
시간이 있는가 보면."

"호호호. 구양 성주. 당신도 그리 바쁘지 않는 것으로
알고 있는데 아닌가요? 어차피 후계자까지 키워 놨으니
이제 시간만 보내면 될 거잖아요. 어차피 당신은 이곳에
남을 것도 아니니 말이에요. 이제… 6년 남았네요. 부럽
네요. 전 아직 50년도 더 남았는데 말이죠."

엘레나의 부럽다는 이야기에 구양천은 어이없다는 듯
피식 웃으며 대답했다.

"큭. 그래도 당신은 후계자 같은 걸 만들 필요가 없으
니 우리의 고충은 모르겠지. 뭐 백가주야 가장 빨리 후계
자를 만들었으니 별 고민이 없었을 것 같고… 아직 후계
자가 없는 저기 로드 가레스나, 로버트 협회장은 아직도
부담감이 상당할 걸? 안 그렇소?"

구양천의 이야기를 들은 가레스는 살짝 이를 갈며 입
을 열었다.

"쓸데없는 소리는 집어치우고 회의나 합시다. 당신 말
대로 아직 후계자가 없어 신경이 날카로우니 말이오."

가레스의 말에 대답한 것은 처음 이야기를 꺼냈던 백
천무 가주였다.

"안부 인사를 하자는 엘레나의 말은 어느 정도 뜻을

이룬 것 같구려. 일단 단도직입적으로 이야기 하겠소. 로드 가레스, 한국에 더 이상 개입하지 마시오."

가레스는 백가주의 요구를 어느 정도 예상했던지 나직이 웃으며 대답했다.

"후후. 백가주. 오랜만에 후계자의 자질을 갖춘 재목이 나타났는데 가주께서 이해를 좀 해주시오. 가주야 이미 후계자를 세웠으니 모르겠지만, 난 아니오. 그리고 아까 구양성주가 말한 것처럼 그에 대한 부담감이 크단 말이오. 이번에는 양보를 좀 해주시오."

하지만 백천무의 태도는 완강했다. 가레스의 말에 강하게 이의를 제기했던 것이었다.

"최초의 협약에 의하면 거주하고 있는 국가에서 발생하는 일은 거주자가 권한을 가진다고 약속하지 않았소? 지금 로드는 그 협약을 파기하겠다는 것이오?"

협약의 파기라는 말에 가레스 역시 다소 부담스러웠는지 약간 인상을 쓰며 말했다.

"파기하려했다면 내가 직접 나섰겠지요. 대행자 정도를 보내는 건데 협약의 파기까지 이야기하는 것은 너무한 처사가 아니오? 백가주. 가주와 전면전을 벌이고자 하는 것이 아니오. 단지 후계자의 재목이 될 사람만 확보하면 된다오."

자존심 강한 가레스가 저 자세로 나오자 백천무 역시 더 이상 강하게 이야기 하지는 않고 그에게 말했다.

"…그럼 이번 지구방어 대전이 끝날 때까지 만이라도 그 이수혁이라는 헌터를 좀 놓아두길 요청하오. 전력을 집중해야 하는 시기에 자중지란을 일으킬 수는 없지 않겠소?"

"가주의 말은 지구방어 대전 이후에는 그 자를 내가 확보해도 천무에서는 나서지 않겠다는 것이오?"

"그렇소. 개입하지 않으리다. 만일 로드의 후계자가 된다면 그것도 그자의 운명이겠지."

"하하하. 좋소. 가주께서 그렇게 생각해주신다면야. 내 몇 달간 참지요."

둘 간의 이야기가 끝난 것 같자 엘레나가 눈을 초롱초롱 빛내며 가레스에게 말했다.

"제가 알아보니, 혁련광도 이수혁을 찾는 것 같던데 지구방어 대전까지 그가 이수혁을 놓아둘까요?"

"어차피 백가주가 있는 한 혁련광이 직접 나서지는 못할 거요. 그렇다면 수하를 보낼 것이라는 말인데, 그 자 휘하의 수하라 해봤자 아마 내 대행자를 넘어서는 놈은 없을 거요. 혁련광이 직접 나서지 않는 한 이수혁을 처리할 수는 없다는 이야기겠지."

"하지만 혁련광도 그동안 놀고만 있지는 않았을 걸요?

그래도 그랜드마스터에 오른 자인데 비밀리에 수하를 키웠을 수도 있지요."

비밀리에 수하를 키웠다는 말에 문득 아몬이 생각난 가레스는 백천무에게 다시 말을 건넸다.

"백가주. 엘레나의 말처럼 혁련광이 별도의 준비를 했을지도 모르니 혹시 모르는 그들의 공격을 막기 위해서라도 이미 보내놓은 대행자들은 다시 들이지 않겠소. 물론 조금 전 말한 대로 지구방어 대전 전까지는 이수혁을 건들지 않겠소."

"어차피 혁련광에게도 내 경고를 하려고 했소. 만일 경고를 어기면, 구양성주의 입장이 있으니 전투불능으로는 만들 수 없겠지만 그래도 오랜 시간 동안 가둬둘 생각이었다오."

백천무와 가레스의 대화를 재미있다는 듯이 듣고 있던 엘레나는 문득 가만히 있는 구양천에게 말을 던졌다.

"구양성주. 후계자이자 한때는 제자인 혁련광을 저렇게 처리한다고 하는데 가만히 있을 건가요? 호호."

엘레나의 말에 구양천은 살짝 미간을 찌푸리며 그녀에게 대답했다.

"엘레나 당신말대로 한때 제자였을 뿐이지. 지금은 갈라섰지 않소."

여기까지 이야기한 구양천은 백천무와 가레스를 돌아보며 말했다.

"하지만 혁련광은 여전히 내 후계자는 맞으니 백가주, 가레스. 그를 죽이거나 전투불능으로 만들면 안 되오. 그렇게 한다면 협약 위반이오. 뭐 내가 돌아가고 난 후면 상관없겠지만 말이오."

구양천의 말에 백천무는 고개를 끄덕이며 그의 말을 받았다.

"알고 있소. 그러니까 가둬두기만 할 거라고 이야기 했지 않소."

"하하. 그 놈 성질에 순순히 잡히지는 않을 것이고, 전투불능으로 만들지 않으면서 잡으려면 고생 꽤나 하실 텐데. 뭐, 어쨌든 좋소. 죽이거나 전투불능으로만 만들지 않는다면 나는 전혀 개입할 생각이 없소."

이어지는 이야기를 가만히 듣고만 있던 백탑의 탑주 에드워드는 다소 짜증이 난다는 어투로 좌중을 향해 말을 꺼냈다.

"그런데 오늘 모인 안건이 이것 때문이오? 이럴 거면 백가주와 구양성주, 로드 가레스만 모여서 이야기하면 되었지 않소."

"허허. 미안하오. 이것도 안건 중의 하나이긴 하지만,

주요 안건은 당연히 지구방위 대전 아니겠소? 이제 이 일은 어느 정도 정리가 된 것 같으니 두 번째 안건으로 넘어갑시다."

지구방어 대전이라는 말에 지금까지의 다소 가벼운 분위기는 완전히 사라졌다. 진중한 표정을 한 일곱 명의 절대강자 중에서 가장 먼저 말을 꺼낸 사람은 지금까지 한마디 말도 꺼내지 않았던 은발의 여성이었다.

은발이라서 그런지 그녀의 나이는 섣불리 짐작하기 힘들었는데 피부의 탄력을 감안한다면 외적인 나이는 그렇게 많지 않은 것으로 보였다.

물론 경지에 이르면 노화가 억제된다는 측면에서 겉보기 나이는 의미가 없을 수도 있을 것이나 어쨌든 외적으로는 그리 나이가 들어보이지는 않았다.

"이번은 어디로 균열에너지가 흐르고 있는가요, 엘레나?"

균열에너지라는 말은 이번 회의에서 처음 나온 말이지만 모두가 그 의미를 알고 있는지 별다른 설명은 없었다.

은발 여성의 지목을 받은 엘레나는 잠시 좌중을 훑어보더니 그녀에게 대답했다.

"아직 시즌 초반이라 확실하지는 않지만 추측컨대 북미 쪽일 가능성이 높아요. 산드라."

북미라는 말에 갈색머리의 40대 중년인이 약한 신음성을 발하더니 그녀에게 다시금 질문을 던졌다.

"북미라… 어느 정도의 범위를 예상하시오? 설마 미국까지 내려오는 것은 아니겠지요?"

"제 계산이라면 미국까지는 내려오지 않을 것 같지만, 캐나다 북부는 확실히 범위에 들어갈 거예요. 하지만 모르죠. 7차 대전의 결과로 아프리카의 80%가 레드존으로 변했다는 것을 생각해보면 미국까지 다 들어간다 해도 이상할 것은 없겠지요. 로버트."

그 말에 로버트는 회한이 섞인 목소리로 나지막이 혼잣말을 하였다. 하지만 이곳에 있는 모두에게 들리는 혼잣말이었다.

"7차는… 그렇게 끝나서는 안 되었소…."

"그렇죠. 그렇게 끝나서는 안 되었지요. 그래서 우리의 회의도 다시 시작된 것이구요. 결과적으로 8차는 막아냈잖아요."

"그렇긴 하지만… 휴… 요즘들어서는 나도 후계자만 만들면 떠나고 싶다오."

떠나고 싶다는 로버트의 말에 엘레나는 의외라는 표정으로 그에게 반문했다.

"호오… 로버트까지 떠나고 싶다고 이야기 하다니…

그럼 이제 확실히 남을 사람은 백가주 밖에 없는 건가
요?"

하지만 로버트 협회장은 그녀의 말에 대답할 수 없었
다. 헛기침을 한 백천무가 둘의 말을 끊었기 때문이었다.

"흠흠… 그 이야기는 나중에 하고 일단 주제에 집중하
세나. 이번 지구방어 대전은…."

일곱 강자들의 회의는 그렇게 한참 동안 지속되었고,
상당한 시간이 흐르고 난 후 각자의 결론을 가지고 회의
는 끝이 났다.

이 자리에 있는 일곱 명을 제외하고는 지구의 운명을
결정하는 회의가 있었음은 그 누구도 알 수 없었다.

〈5권에서 계속〉